中国当代文学名家精品集

霜降夜

周蓬桦 著

成都地图出版社
CHENGDU DITU CHUBANSHE

图书在版编目（CIP）数据

霜降夜 / 周蓬桦著 . -- 成都 : 成都地图出版社有
限公司 , 2025. 5. -- (中国当代文学名家精品集).
ISBN 978-7-5557-2697-5

Ⅰ. I267

中国国家版本馆 CIP 数据核字第 2024ZJ2611 号

中国当代文学名家精品集：霜降夜

ZHONGGUO DANGDAI WENXUE MINGJIA JINGPIN JI: SHUANGJIANG YE

著　　者：周蓬桦
责任编辑：沈　蓉
封面设计：李　超

出版发行：成都地图出版社有限公司
地　　址：四川省成都市龙泉驿区建设路 2 号
邮政编码：610100

印　　刷：三河市人民印务有限公司
（如发现印装质量问题，影响阅读，请与印刷厂商联系调换）

开　　本：710mm × 1000mm　1/16
印　　张：13　　　　　　字　　数：200 千字
版　　次：2025 年 5 月第 1 版
印　　次：2025 年 5 月第 1 次印刷
书　　号：ISBN 978-7-5557-2697-5

定　　价：68.00 元

出版说明

2023 年春，教育部等八部门印发《全国青少年学生读书行动实施方案》。随后，122 家国家语言文字推广基地共同发出"典耀中华"主题读书行动倡议。一些具有文化情怀的出版社和文化公司，立即响应，策划各种适合青少年阅读的图书，《中国当代文学名家精品集》书系应运而生。

《中国当代文学名家精品集》书系由北京世图文轩文化发展有限公司（下称"世图文轩"）策划，由成都地图出版社出版。我非常荣幸地受邀担任主编。

世图文轩成立于2010 年，系北京市内乃至全国较有影响力的图书发行公司之一，曾获得"重合同守信用企业""诚信经营示范单位"等荣誉称号。长期以来，世图文轩和众多出版社就优质图书出版进行合作，获得了合作伙伴的一致好评。在"典耀中华"主题读书行动中，他们敏锐地抓住机遇，迅速策划主要以初、高中生为读者对象的大型书系选题，显现出他们的眼光、魄力与胸怀，以及对于文化市场的拓展理想。我相信，这样一家致力于图书策划、出版的公司，其品牌信誉是毋庸置疑的。

为成长中的青少年读者集中呈现名家优秀作品，是一件虽然困难，却功在当代、利在未来的大好事，我能参与其中，与有荣焉。我必须以一种高度的使命感、责任感以及担当精神来做好这个书系，成就这件大好事。

令人特别感动的是，刚开始组稿时，刘成章、王宗仁、陈慧瑛、韩小蕙、王剑冰、李青松、沈念等老师就对这个书系表现出极大的支持和信任，并在第一时间提供了书稿以示鼓励。很快，几乎所有得知此书系的作家都认为这是在为作家、为"典耀中华"主题读书行动做一件好事、大事。由此，我和我的临时编辑室成员获得了极大的信心，热情也更加高涨，此后连续十个月，我们整个身心都扑在了这件事上。

一个人只要用心做事，人们是会感受到的，也会默默地予以支持。事实上也是如此。随着组稿工作的开展，我们和作家们的沟通日益频繁，我们发现，他们除了都表现出对这个书系的兴趣与认可，对当代散文创作的发展、繁荣的前景，还有一种共同的期待与信心。这对我们无疑是一种更为巨大的鼓舞与动力。

组稿虽然也费了不少周折，但总体上比想象中顺利得多。当然，非常遗憾的是，一部分作者由于手头书稿版权等原因，未能加盟到这个书系。

组稿只是我们工作的一部分，更为具体、更为烦琐的，是审稿事务，它出乎意料的繁重，也占据了我们比预想的多得多的时间和精力。偶尔，我们也有点儿想放弃了，但是，想着这是一件功德无量的事，又兀自笑笑，继续埋头苦干。在这个过程中，感谢师友们对我们工作的配合、理解、支持与信任。

静下心来，切实感受审读、编辑工作的价值和意义。

书系里，名家荟萃，佳作如林。有的，曾代表过一种新的创作范式；有的，曾开启过一种创作方向；有的，对某一题材开掘出更深更独特的思想；有的，有引领某类题材与风格的新面貌；等等。毫不夸张地说，散文多角度多样式的表达，在这个书系里应有尽有，全景式、全方位地呈现出中国散文几十年的创作成果，是当代散文创作的一个缩影。

总体上，无论是题材、创作方法，还是思想容量，此书系都呈现了散文广阔的视野，让我们感受到散文天地的无垠无际。

具体来说，以下几个特点特别明显：

一、作者队伍可谓老中青完美结合。入选作者的年龄跨度最大达半个多世纪，上有鲐背之年的高龄名将，他们文学生命之树长青，宝刀不老，象征着老一辈散文家依然苍翠的文学生命力；最年轻的三十出头，他们雏凤声高，彰显散文创作的新生力量蓬勃兴旺的景象；一大批中壮年作家，是当代散文创作领域里当之无愧的中坚基石，他们的创作正处于繁花似锦的鼎盛时期，实力毕现。

二、题材多元多样，内容丰富多彩。书系中，既有涉及上下五千年历史的洒脱智慧的历史文化散文，又有让人惊艳的初次涉猎的新颖、独特题材。有人写亲情，有人写风景。有些人写自己的童年，让我们看到其成长时代；有些人写一个城市或一条河流的前世今生；有些人写自己对故乡的记忆，从更有新意的视角表现这个时代的巨变；有些人集中了自己几十年的写作精品，让我们看到他们的创作道路上的足迹；有些人专注于一个主题，开掘深挖，独具魅力；有些人关注时代、关注身边的人和事；有些人剖析自己的内心情感……总之，反映中华传统文化、红色文化和当代自然文学精粹的作品，在此书系里比比皆是，或温暖动人，或鼓舞人心。

三、风格百花齐放，个性特点鲜明。几十部作品，有的侧重写实，有的侧重抒情，有的注重开掘思想，有的追求内容唯美，有的描写细致入微，有的叙述天马行空……表现方式千姿百态。但无论哪种风格，无论如何表达，皆个性鲜明，情感饱满，呈现出思想性、艺术性、可读性兼备的特质，读者可以从中获得不同程度的启发，感受到散文的魅力。

四、女性作者跳出了人们对"女性散文"固有的观念。书系中占有一定比例的女性作者，她们的作品虽然仍保留细腻敏感的特色，但大都呈现出大气开阔、通透有力的格局。她们温柔而现代的行文表达，对读者来说有着更为别致的情感体验和人生借鉴意义。

总之，这个书系，将是我们打造阅读品牌的开端。如果你愿意静下心来阅读，你一定会有所收获。

习近平总书记在文艺工作座谈会上讲话时指出："优秀文艺作品反映着一个国家、一个民族的文化创造能力和水平。吸引、引导、启迪人们必须有好的作品，推动中华文化走出去也必须有好的作品。"我们希望，这个书系能成为读者眼里"正能量、有感染力，能够温润心灵、启迪心智，传得开、留得下，为人民群众所喜爱"的"优秀作品"。

在此，特别感谢沈俊峰、陈晨两位搭档的通力协作，我的编辑朋友梁芳、胡玉枝的倾力相助，以及世图文轩、成都地图出版社上上下下推进此书系出版的所有领导与师友的大力支持和耐心细致的工作。他们让我感受到了团队的力量。同时，也特别感谢出版方将我和我的搭档的作品纳入此书系，我们把此举视为对我们的"嘉奖"。

上述文字，不敢称"序"，不敢称"前言"，甚至不敢称"出版说明"，仅表达此书系的缘起和一些组稿、审读的感受，也许过于肤浅，还望广大作者、读者海涵。

《中国当代文学名家精品集》主编

目录

第三辑　西南角的瓮

第一辑　乌乡薄暮之书

霜　降　夜

　　白露过后，乌乡的风里平添了寒意。早晨醒来，阳光刺眼，推开栅门，发现脚下的草叶上布满晶莹的霜雪，薄薄的一层，把路边的花打蔫，桦树的枝条似乎萧索了些许，树身上的一只只"眼睛"长出了"睫毛"。无意间仰头，但见几颗寒星正在向山顶以西的方向悄悄隐遁。镇上某一户人家屋顶上的烟囱，已经开始忙活，突突地冒青烟。烟柱是笔直的，上升到一米多高后遇到了风，才变得凌乱，像一块被扯断的丝绸。

　　有人说，乌乡的风里，流动着一股特别的味道，也只有亲临现场的人才能闻到。这种特别的味道让人难忘，它在鼻间萦绕，以至于割舍不下，成了人们再来乌乡的理由。

　　我提着满满一大铁桶草木灰，把它们倾倒在大路边潮湿的水洼里——这是房东阿姨安排给我的任务。昨天晚上，我约了几个养桑蚕与种植薰衣草的农户到院子里攀谈。大家吃着草原黄膘烤牛肉，品尝着新摘的巨峰葡萄和黑色的冻梨，喝着自酿的桑葚酒。交谈内容涉猎宽泛，没有明确的主题，基本围绕农事收成、动物保护和挖掘过冬的地窖打转。当然，我最感兴趣的，是他们讲述过往亲身经历的事件，兴许口吻轻描淡写，但对我十分有用。一些亮点像阵雨打湿心头，渗入静夜植物的根须。我急忙掏出记事本，在马灯的光线下一一做了记录。牛圈在屋后，小牛犊不时制造一点骚动，从那里飘来丝丝淡淡的尿臊气，但这并没影响大家浓郁的谈兴。叶子稀疏的板栗树梢上，始终挑着一弯残月。

聊到十点多钟时，霜降开始了，夜幕陡然拉向纵深，只听得周围的芦苇秆在瑟瑟作响，白桦树枝在轻轻摇动，我身上很快起了一层细小的鸡皮疙瘩。这时，善良的房东阿姨送来了羊毛毯和羊毛披肩，以抵抗霜降带来的微妙变化。

"天要落露了，大伙儿小心着凉。"她说。

阿姨端来一小筐被冰冻过的无花果，果子个头大，已经在冰柜里冻成了一个个小冰球。阿姨从厨房提来了铁皮桶，点燃了软草和木柴，很快就将冻果烤软了，冰碴子化成了水，杂糅着果实的汁液。我取一个放在嘴里，觉得冻过后的无花果有一股山柿饼的味道。少顷，桌上又摆满了美食：大列巴面包、哈尔滨红肠、咖啡、奶茶、干果仁，还有烤得香喷喷的草原红糖焙子，吃得大家直打饱嗝。

这是一个特别的霜降夜，让人感觉到生命与节气之间发生了某种密切的联系，有很强烈的体验感。从这个夜晚起始，我正式走进乌乡人的生活，自此与之呼吸同一种空气，吃同样的黑米乌饭，喝新碾的大楂子粥。我并不觉得我与乌乡的人和动物有什么不同，我们是对等的。他们在艰辛的日子面前所持有的积极态度，和对幸福目标的追寻姿态，都让我感同身受，或唏嘘或喜悦。如果可能，我愿意做乌乡山野中的一棵树或一片霜冻的叶子。

我还记下了泼哧燃烧的松油灯、灯下的笑脸、火光中明亮的瞳仁，以及整整一个晚上都在谈论的一个接地气的话题——如何与枯草丛中的野物们一道，度过暴风雪即将来临的严冬。这需要粮食、木柴、胡萝卜和大白菜，需要棉衣棉被，需要一个大火炉。哟，对我这样长年奔波的外乡人来说，这是一个多么难忘的夜晚。

早晨的光线重叠移动，越升越高，把山脉的阴影投射到地面上。我手扶栅栏，将空空的铁皮桶放回到了板栗树下，却见房东阿姨的小儿子背了行囊，走下台阶，似乎要离乡远行。阿姨从灶间走出来，腰间系着粗布白围裙。她一边搓着手，一边抬手拭泪，脸上难掩担忧和凄惶的表情。

她的小儿子目光淡定，飞快地走出院落，又回过头来朝我们挥手笑笑，然后大步踩过路边的草木灰，在阳光下缩小成一个移动的墨点，在远山的背景下渐渐消失。返回屋内，我以树墩作书案，在稿纸上飞快地记下一句话："霜降后，一些植物枯萎，一些事物到来，一些人又把双脚踩在了泥泞的路上。"

乌乡哲学之一

最可怕的还是偷袭的山洪，它往往趁黑夜俯冲而下，而乌乡的人们却正在睡眠，一根驱蚊子的草绳还在土墙的一角燃烧。但牲口们没睡，那些猪啊牛啊在静谧中听到了一阵流水声，这声音不同于往常——正常的水声是宁静内敛的，像潺潺流淌的小夜曲，一片叶子仰躺在河床上，它在观察月亮和星星，侧耳谛听着大地的呼吸声，以及河岸上细草和虫子的低吟歌唱；它听到乌乡的人们在谈论农事与节气、婚丧嫁娶之类的话题。而山洪的暴发，往往起源于一场瓢泼大雨，劳作了一天的乌乡人对此浑然不知，甚至窗外一阵阵急促的雨点声也没能把他们从睡梦中吵醒。就这样，山洪在雨声的掩护下悄然而至，冲塌了镇口的老土地庙。

第二天一早，整个乌乡改变了模样，镇前镇后的大小池塘被水灌满，许多从山林里冲下的木头被水浸泡，卡在河流之上的某一个桥洞口，白木头变成了黑木头。这些被水浸泡过的木头几乎派不上用场，不能做栋梁，不能打棺材，甚至不能搭建一个狗窝。

我十分惊讶于乌乡人面对大水淹没后的态度：暴雨过后，太阳照耀着一面面水做的镜子，鸟儿在柏树上叽叽鸣叫；女人们打了赤脚，手端一个木盆，在水边浣衣说笑，将宁静的水面搅乱揉碎，荡开一圈圈涟漪；而进水的屋子里，凉气四溢。水还没有完全退去，低处的积水没过了膝盖，但人们却不急不躁，似乎是有意顺应自然的法则。这让我想起几年前看到的一幅堪称奇特的外国摄影作品：一家四口人微笑着站在一幢起火的茅屋前合影，身后的火苗越来越高，全部家当都在这场意外的大火中焚烧殆尽。拍摄前父亲望着安全撤出的家人，欣慰地说道："这是住了十多年的家呢，合影留个纪念吧。"于是，就有了这样一张与众不同的全家福。

我不知道有多少人看过这幅作品，是否和我一样生发过感慨。我只知道自己在这幅作品前呆愣良久，被照片中折射出的一种生活态度深深震撼。在我的认知中，灾难是事物的立体呈现，是一种客观存在，无须遮掩与粉饰，恰如白天的背面是夜晚。但畏惧或哭泣毕竟于事无补，生活似乎不怎么理睬抱怨或悲伤。而这幅作品中的一家人，却在废墟之上种植了一丛玫瑰，火般的玫瑰让人有了舍弃与建设的勇气。

山洪过后，镇上有个叫瘦脸刘二窑的人，迅速组织了一个救援小分队，开着船打捞河道里的木头和碎柴，把它们拉到后山的草场上去。他要把这些被水浸泡得糟朽的木头加工利用，在上面挖一个个凹槽，制作耳床，让这些腐烂的木头变成木耳和蘑菇养殖基地的重要原料。刘二窑的人生态度，多少代表了乌乡人的达观哲学。

与照片上的故事略有不同，乌乡人拥有惊人的变通能力，无论是地上长的还是天上飞的，几乎没有一样无用，他人眼中的废料可以点石成金，变废为宝。这是乌乡人在长期的劳作中积累的智慧与经验——一棵大树被锯断，树墩子被挖出来，改制成一张圆桌用作会客；屯子里的养猪场废弃后，被某个有心的年轻人改造成了一个烧烤园，吸引了大批食客；附近山里的洞穴更是被充分利用，没有一处荒废……这些其实比舍弃更为宝贵。

有关瘦脸刘二窑的资料，我知之甚少，听说他是土生土长的乌乡人，会唱二人转，会拉二胡，偶尔讲个荤段子，喜欢在餐桌上默默地喝一杯烧酒。他不吸烟，爱穿老母亲做的纳底粗布鞋，夜间在草地上走路，轻飘飘的，悄无声息，有如一位古代行走江湖的轻功高手。据邻居大老郭对我讲述，刘二窑是个有怪癖的人，最大的特点是不爱搭理人。若是遇到镇上的人迎面走来，出现与之撞脸的场面，刘二窑会目不斜视，飞快地与人擦肩而过。那人转身，望着刘二窑的背影大声呼叫："刘二窑！刘二窑！"嗓子喊破也是得不到应答的。

　　刘二窑早已跨过一座木桥，涉入野地，像一只黑色的蝙蝠呼之欲出。

四姥娘的夜路

　　在乌乡一带，经四姥娘的手接生的孩子多得数不过来，无论是在山脚下的屯子里还是犄角旮旯，一不小心就遇上了。那年月，山里人穷，加之白山早年间闹过土匪，民风彪悍，人们走夜路提心吊胆，害怕遇到劫路贼。尤其是到了年关，这种事时有发生，有一次就让四姥娘遇上了。月光刺眼的冬夜，四姥娘接完生，从另一个屯子返回野鹰岭，她快步疾行，很快抵达岭前，然后抄小路涉入低洼地，前边是一座残破的石桥，石桥外是结冰的小河，还有几株古松树，在月光下投射出一团暗影。四姥娘老远就感觉到有些异样，似乎听到窸窸窣窣的动静，像枯草里有一只爬行的松鼠。果然，前方率先跳出一个蟊贼，他尖着嗓子吐出一串话，大意是让来人留下买路钱，然后各走各路。蟊贼手里还挥动着一根木棒。

　　四姥娘长得人高马大，走夜路也爱叼着烟袋，远远地闪一丝星火，并伴随咳嗽声。她说话也是一副男人样沙哑的粗嗓门，少女时代曾经在乌拉盖草原做挤奶工，和男人一样干苦力活，甚至还和一头小狍子摔过跤，把小狍子摔得四仰八叉，她可真不怕几个山间蟊贼。四姥娘咳嗽了一声，从肩上的小卫生箱里掏出剪刀，自顾前行，一边先发制人，破口大骂——骂的都是白山乡间最粗俗的脏话，是专门对付侵犯者的犀利词汇，直取七寸，在此不便复述。四姥娘向蟊贼步步紧逼，蟊贼手举大棒，步步后闪，却也不敢下手；四姥娘右手里的剪刀在月光下寒意四射，她是多么痛恨人世间的恶念，在她看来，哪怕这恶念发自大脑瞬间的一闪，但错已注定。围追撕扯之际，蟊贼吹了一声口哨，四姥娘恍惚看到一个黑影从树后斜插过来，黑影哇哇怪叫，企图抱住她的后腰。四姥娘机警一闪，就势弯腰伸腿，黑影被绊了一跤，哎哟一声摔了个狗吃屎，四姥娘又朝那厮一脚踹去，手中的剪刀逼近一张苍白的脸，打算给他破相。只见那家伙全身发抖，两手哆嗦，像是抽了羊角风一般，而另一个蟊贼，早已逃之夭夭，不知去向。

四姥娘扠着腰，冷笑道："就凭你们这点本事，还敢拦路劫财？哈哈！"话音刚落，四姥娘瞅了一眼脚下的一团东西，发现了异样，从棉袄里掏出手电筒拧亮，照向那人，不禁暗吓一跳：娘哎，原来这蟊贼是个半残疾人，正歪着脑袋全身发抖哩！"仙姑……饶命……"他蜷缩成一团，上气不接下气，吃力地从嘴里发出一句话。

四姥娘见状，心先软了下来，又害怕有诈，便厉声问道："你是谁家的孩子？为啥年纪轻轻的不学好？"那人支吾半天，四姥娘没听清楚。

"什么？后山谁家呀？你爹叫啥名？"在四姥娘的追问下，蟊贼才不情愿地吐露出身份："我爹……是后石沟的石匠，叫李铁头。"一听李铁头的名号，四姥娘扑哧笑出了声，高嗓门响彻寒冷的夜空："小兔崽子，你今儿个算是抢对了人哟，你爹娘是我做的媒，你小子是我接的生！怎么，你不信？那就听我掰扯掰扯……"四姥娘连珠炮似的数落那厮的家境，连他家十年前养的几只羊都分毫不差，因为他家的羊是四姥娘帮着从内蒙古的朋友处贩来的。那人听了，惊讶地张大嘴巴，口里呼出的气息迅速在空气中凝结。紧接着，四姥娘道出一个惊人的秘密，更是让他无地自容："你生下来便是个'偏偏头'，医学上叫软骨病……对了，你只有一个睾丸，男人裤裆里的那玩意儿也没长全乎……"

"哎呀！"那人捂住脸，羞愧得抽泣起来，朝四姥娘跪下来，磕头如捣蒜。"仙姑，不，姑奶奶，恩人哪，俺是实在揭不开锅了哟，半年前爹娘都不在了，俺是头一回……"

"来，孩子。"

不等对方说完，四姥娘已经什么都知道了，她从肩膀上取下小木箱，动作麻利地打开箱盖，从箱子内夹层的一个布袋里取出一块手绢，手绢里包着二十多元钱，全是面额为一角、两角或一元的碎票子，还有十几枚硬币，它们在黑暗中摩擦出微响。那是她在白山跑了十几天的辛苦钱，见对方坚决不收，四姥娘只好硬塞进他怀里，才起身离去。

回到家推门进屋，听到男人的咳嗽声，男人问了一句："回来了？吃饭了没？锅里有粥。"

四姥娘只是"嗯"一声，没有正面作答。她默默进了卧房，用火柴点亮油灯，操起竹皮水壶，用温水洗了把脸，拿干毛巾擦净。她盘腿坐在火炕上，回味着晚上发生的一切，点上烟袋，心头被阴云笼罩，半夜没有合眼。

窗外沙沙作响，雪又下开了。

第二天中午，四姥娘踩着积雪去了一趟后石沟，给"偏偏头"送去了一袋磨好的新苞米糙。从乌乡镇到后石沟，有近二十华里路，四姥娘的围巾和眉毛上都沾满了霜雪。

最后的猎手

　　乌乡彪悍的民风里有一种特别的气质，人们敢说敢做，敢爱敢恨，直筒子性格一点就着。在外人看来，这里的人翻脸比翻书还快，因此不那么好欺负，打起交道来不能虚头巴脑。乌乡人的典型性格就是直率，不藏掖不苟且，也不会撒泼摆烂，人们都习惯摆事实讲道理。遇到不公平的事情并不隐忍，而是当面揭穿，把话挑明，给对方难堪。但恰恰乌乡人又很要面子，感到难堪的一方觉得下不了台面，竭力辩驳，这构成了吵架的主因。吵完架，陈述了个人诉求，第二天就翻篇遗忘，双方各自让步，恢复关系，和好如初，也不会留下丝毫嫌隙，这是乌乡人最可爱的一面。

　　镇子上有一个挂拐杖的瘸腿老头，人们唤他作狍叔，他对我讲述了这样一件事。有一次，狍叔和屯子里的一个发小刚吵过架，还没来得及和解，当晚接到一个口信，是狍叔的老舅死了，他连夜去山外的屯子里奔丧，忙碌了三天才回乌乡，巧合的是，他一进镇口就遇到了发小在集市上闲逛。由于狍叔早把吵架的事忘到脑后，便主动上前亲热地打招呼，发小表情疑惑，不太自然，支吾了两声，狗一样夹拉着尾巴匆匆地逃走了。狍叔回到自家的土炕上，反复回味，才想起吵过的架还没和解，顿时脸上一阵发烧，直接麻了半张脸。中午，他提了一瓶好酒径直去了对方家中，进门就闻到一股肉香气，只见对方正倚门而笑，原来发小早已摆好了一桌子酒肉，只等他的到来。二人默契落座，喝到最后，抱头痛哭。自此，成为至交。

狍叔年轻时以打狍子闻名乡里，他猎获的狍子曾经堆满了院子，狍叔会把狍子肉分享给乌乡的近邻，把狍子皮做成褥子，到集市上换钱糊口。在当时，猎人是个很体面的职业，比干其他行当来钱快，因此狍叔吃穿不愁。此外，他又是"一人吃饱，全家不饿"的老单身汉。在整个乌乡，狍叔的日子是好过的，不知怎的，他始终没有娶老婆成家，这又让人觉得狍叔有些古怪。

后来，随着猎物的增多，狍叔成了远近闻名的富人。人一出名，就很自然地出现一些不愉快的小插曲，诸如有人借钱不还啦，遭遇小偷小摸啦之类的。其实呢，狍叔没有人们想象的那么有钱，他依旧过着普通的日子，一日三餐都要计划着不要奢侈浪费。人们的索取和嫉妒让狍叔感觉不悦，又有苦难言。而他本人的品性，又让他不忍与乡亲们伤了和气。于是，在那位发小的劝说下，他在山林里盖了幢茅屋，索性远离了乌乡的人们，只是偶尔回老屋取些东西，平时就居住在山林里，周围也没有邻居。偌大的林间空地上，就这么一幢孤零零的猎人屋舍，被风吹得东倒西歪。为防止遭遇不测，狍叔在屋子的周围布下了许多机关，养了一条黑色猎犬，还自制了几颗土地雷，埋在一个土沟处。

随着时代的变化，狩猎行业渐渐萎缩，走向没落，乌乡镇上的猎人纷纷改弦易辙，狍叔成了镇上最后一个猎人。每天，他怀抱猎枪在山林里转悠，饿了就吃一个野山果，渴了就掬一捧山泉水，困了就背倚一棵大松树入眠。

一日，狍叔在捕猎野狍子时，无意中打死了一只狼，这并非他所愿。他跑到杂树丛里捡起猎物，见是一只年轻的母狼，好像刚生产过，正在哺乳期。狼脑袋被霰弹打得开了花，只剩下了半个。狍叔站在暮色中呆愣半天，深冬的风让他战栗，他的心头泛上阵阵不安。狍叔之所以被人唤作狍叔，是因为他基本是个猎狍子的专业户，别说狼，他苛刻到连野鹿都不肯打一只。而眼下，他却误打误撞地要了一只狼的性命，这只狼还是一窝狼崽的母亲。他思忖良久，决定把狼就地埋葬，筑起一座小小的坟丘，又做了一番祭拜，口中念念有词地烧了一堆纸钱。

此后，狍叔忐忑了几日，见一切如常，什么事也没发生，才渐渐放下心来，恢复了正常的狩猎活动。狩猎之余，狍叔还到结冰的河里捕鱼，砸开厚厚的一层冰，把地笼网下入冰窟窿，第二天收网。这样，他小茅屋的烟囱里，除了冒出一股肉香味，还夹杂着阵阵鱼腥气。下过两场暴风雪，眼瞅着，乌乡的春节就要到了，狍叔开始着手准备年货：土猪肉、黏豆包、炸丸子、灌血肠、冻豆腐……

这天晚上，北风呼啸，大雪徐徐降落，森林里响起了各种可怕的声音，狍叔半夜被惊醒了。突然，他听到有人在敲击窗户，敲得很急迫，"砰砰砰，砰砰砰……"狍叔掀开围在窗户上的防寒毛毡，隐约看到窗户上有一张扭曲变形的脸，似人似兽。他被吓了一跳，急忙从火炕上抄起猎枪，哗啦一声把子弹推入枪膛。

"嗨，小开！是我。"

这时，窗外响起一个熟悉的声音，他的心头掠过一阵惊喜，立刻判定是发小来了，因为在整个乌乡，只有发小直呼他的乳名。他把枪扔到一边，翻身下炕，迅速拉开门，朝外大喊："快进来吧。"

风雪呼啸着吹入，狍叔吸了一大口严寒的气息，凉气呛到嗓子眼，咽到肚子里。可是，门外却没有任何回音。他又叫了一声发小的名字，并且隐约看到墙角处有一个蹲伏的黑影，他朝黑影走去，不料黑影却站起身来，把他向院子外引导，一直引向空地之外。他觉得奇怪，认为是发小在和他开玩笑，搞恶作剧，但这是大雪天哪！"你搞什么鬼？"他愤愤地骂道，随即便尾随发小快步前行，他想一把抓住发小的衣领子，把他像拎一条狗那样拎回到屋内。

但当他走到一片灌木丛时，发小的影子突然不见了。他立刻意识到了危险，全身已经被冷汗湿透。前方五十米外就是狼的墓地，他朝墓地的方向侧耳倾听，凭借二十余年的狩猎经验，他判断至少有十几只狼在那里集合好了，吱哇乱叫。情急之下，他朝空中打了个呼哨，因为墓地相距茅屋不远，他的猎犬闻声来到了他的身边，汪汪地叫着，这让他紧张急跳的心稍稍放宽了些。但他独独没有带上猎枪，这是一个猎人在危急关头犯下的最致命的错误，因为一声枪响，就有可能把狼群吓跑。

在那个风雪呼啸的夜晚，腥气浓烈，十几只狼列队围拢过来，它们发出恐怖的嚎叫，幽蓝的眼睛像一片闪烁的鬼火。他亲眼看到自己心爱的猎犬被凶残的狼群撕成了碎片，连一根骨头都没留下。他趁机撤退，几次从雪地上跌倒又爬起。不料，在翻越土沟时，他踩到了土地雷，炸飞了他的右腿。

而这颗土地雷，正是他本人所埋，这有些因果和宿命意味。

雪停之后，乌乡的人们把狍叔抬回山下。此时，家家户户都在喜迎新年，在阵阵噼里啪啦的鞭炮声中，狍叔的狩猎生涯也随之结束了。

如今，狍叔已经进入暮年，成了在镇口晒太阳人群中的一员。这些人早晨出门，屁股下坐一个马扎子，双手塞入袄袖，喝水、吸烟，或陷入深深的沉思，似一群栖落在枝头上的乌鸦。如果中途没人来喊他们回家，他们会一直待到天黑露水落下。有人问："狍叔，吃过饭了吗？"他会若有所思地点头："嗯，吃了。"

其实，他家锅灶冷清，他根本没有回家，屋前堆放的柴火没有减少。自从那件事发生过后，他的胃口陡然收缩，一度丧失了味觉，每天勉强吃一点东西就感觉饱饱的了。远远看上去，他蹲伏在墙根下，像一只衰老的断腿蜘蛛，蜷缩着自己的胃囊。

火塘边的萨满

面目扭曲的巫婆披头散发，凭借一炷香火接通人世与阴间的阻隔，瞬间搭成桥梁，进入另一个世界。她们从哆嗦的嘴唇吐出一串呜里哇啦的语言，皆是常人听不懂的咒语，诸如：

"天灵开，地灵开，妖魔鬼怪快离开——哟——哟！"

这是越南老电影《森林之火》中装神弄鬼的巫婆在祈祷的场面。看这部片子时我还不到八岁，而巫婆的形象居然能够穿越茫茫岁月，纪念碑般矗立在我的记忆里。我平生第一次对巫婆这一职业有了刻骨的认知——乡村场院，胶片滚动，她在黑白银幕中出现，带着遥远的信息，神秘而荒蛮，以至于多年过后，人们把电影的主题内容忘得精光，却依然能够背诵这句经典台词，它成了这部小成本电影的最大亮点。在整个成长过程中，我的脑海里都有巫婆的一席之地，我曾经无数次构想其在原始丛林中的生活，热带雨林，百兽啼鸣，悠远而缥缈，尽管巫婆的形象有几分可怖与狰狞，但我却像是中了圈套，甘愿被俘虏与引诱，步入她设置的陷阱，加入一场迷幻的狂欢。试想，当一个部落长期处于原始丛林，与文明社会完全脱离，那么精神世界的遮蔽成为必然。为消除各种恐慌，人们渴望预知未来，除了古老的占卜术，巫师创造的仪式，便成了整个部落的圣坛。

多年之后，我在乌乡林地遇到一位萨满后裔，她身上散发的气息令我感觉似曾相识。我在脑海里一遍遍搜寻，终于在一闪念间，巫婆的形象又从记忆中复活——她就像是从电影里走出来的一样，完成着惊人的复制。原本，巫婆是作为艺术形象而存在的，而在现实中居然有一个这样的翻版模型，让人觉得不可思议。

初次面晤，是出于好奇心，也出于对山林神秘文化的探究兴趣。那一天，由朋友引领，我们驱车进入萨满居住的村屯。一路上，朋友向我介绍了萨满的身世过往：其祖先在白山一带名气颇大，曾经有专门的供奉场所和祭台，像一朵繁盛之花，到了她这一辈，已经开始败落。祖祖辈辈，她的家族拥有一个共同的称呼：大仙。当年，在白山一带，"大仙"式家族可谓多矣，一度香火旺盛，人们遇到难解的困厄，大到婚丧嫁娶，小到修房建灶，甚至头疼脑热，都习惯性求助于"大仙"的指路与开示。

自幼年起，她就接受了家族的熏陶，一个铁一般的事实摆在她眼前：他们的家族是鹰神转化而来，他们是天鹰的儿女，拥有通神的能力，通天神阿布卡赫赫。萨满具有一些天赋的本领：钻树洞，钻冰窟，会像猴子一样爬树，在树梢上跳舞，能赤足踩篝火、走刀山、滚荆棘，不怕风，不惧雪，等等。冰天雪地，蛮荒森林，在极寒气候下生存的萨满部落固执地相信自己的超常技能，相信自己生来便拥有拯救同胞的凛然使命。更有甚者，有的人认为自己的身份是"半人半神"，体内长有一双隐形的翅膀，这双翅膀会在紧要关头弹出，像汽车的安全气囊，保护其免于一死。为此，有萨满不惜以身体做出各种试验，从高高的树枝上作俯冲状一跃而下，但张开的双臂仅仅定格成飞翔的姿势，在完成与地面的对接时发出一声钝响，结果可想而知。但同样的试验似乎并未绝迹，仍然有年轻的萨满前仆后继地做着努力。

而我眼前这位名叫吉布的萨满，已经白发苍苍，她的面部沟壑纵横，多皱的脖颈上出现了赘疣和老年斑，但她却拥有惊人的记忆力，口头表达能力非凡。她滔滔不绝地讲述自己的人生过往和遭遇的事件，不漏过一个细节——她还活在昨天，对从前发生的事如数家珍，她的讲述有极强的现场质感，而对当下的存在却视若无睹，仿佛眼下的人生，只剩下残余的时间，不值得认真对待。在某个瞬间，我变得有些恍惚，觉得那一张轻轻翕动的嘴唇，口吐莲花，她就是一部活字典、一本森林博物志。

随着山林里发生的各种变迁，吉布已经在数年前金盆洗手，不再招揽萨满的生意。除了她犀利的眼神中闪过一丝昔日的荣耀外，我已经很难猜度她终生侍奉山林的过往——她怀揣使命，在风雪中裹紧头巾，从一个村屯到另一个村屯奔波不停，曾经赢得山民的拥戴。那一天中午，吉布向我们讲述了十几个萨满故事，个个精彩绝伦，散发着古老的神秘气息。讲述过后，她突然变得沉默。她端坐在一把枣木圈椅上，显得瘦小而可怜，眼角流出两行浑浊的泪水。她掏出一块布手绢，轻轻擦拭。由于她终身未曾成家，自然也就没有留下后嗣，在偌大的山林边地，除了做萨满，熟练背诵神本、唱神歌之外，她几乎没有任何其他谋生技能，不会种地，不会捕鱼，也不会采集药材和山货到集市上售卖，以换取活命的口粮。如今，她仅靠到林地捡拾蘑菇和乡人的帮助过活，他们围坐火塘，靠回忆往事打发一个个寂寥的长夜。她的小屋前堆满了干柴，但熏黑的锅灶却显得冷清，为了节约，她一天只吃一顿饭。早年做萨满挣到的钱早已花光，如今她已经两手空空，身无分文，无儿无女，处境形同乞丐。作为一位出色的萨满，她曾经帮助无数山民渡过劫难，却唯独没能预测到自己命运的结局。最终，她像一只辛劳的蜘蛛，倒挂在一张贫穷的网上展示孤寂的晚年。

那天，我们掏出一点钱，向吉布略表心意，哪知吉布反应较为激烈，大声嚷叫，固执地拒绝——这是她最后的自尊与坚守，这让她与山林里其他的老人有所区别。我心生一计，最终以"付采访报酬"的方式说服了她。离开村屯的路上，我心情沉重，一路无话。

在第二年隆冬时节，我接到朋友电话，他说吉布走了，还算安详。村屯里的留守老人，以萨满的礼仪安葬了她——葬礼之夜，大雪纷飞。

土地的寓言

巫术是在志怪文化土壤之上衍生的副产品——在原始森林中，人类处于蒙昧状态时代，为了防范鬼魂造成的伤害，遂产生了与之折中斡旋的游戏。在历代志怪小说中，灵界亦有善恶区别，分义鬼、恶鬼、无常鬼、淘气鬼、胆小鬼等。恶鬼诱惑人迷路，带给人惊吓，义鬼引导人走出迷魂阵，奔向光明的坦途；恶鬼是人类的天敌，青面獠牙，目露凶光，对人类设置重重障碍，锱铢必较，鸡蛋里挑骨头，污泥中找黄金，砖头缝里觅肉虫，仿佛掌握着人类命运的渊薮。无奈之下，人类绞尽脑汁，采取多种方式，用尽各种方法试图与之沟通交流，达成协议，减少损失。于是乎，诞生了部落巫师、跳大神的巫婆、摆卦算命的瞎子、风雪中的"出马仙"等各类神秘、通灵的职业。写到这里，一个情景出现：茅舍竹楼，炊烟升起，气氛神秘而诡异，火塘下燃烧着隐隐的木炭；竹林深处，一群人目光游移，衣衫褴褛，风餐露宿，手持木钵，正在进行严格的修行，他们在一刹那间获得顿悟，拥有无边法力，帮众生渡过劫难苦厄、驱鬼除魔，使其抵达一个祥和无忧、安全可靠的彼岸……湖光粼粼，迎来一个柳暗花明的春天。当然，其中不乏江湖术士、骗子、妖僧，以及伪造履历的假信徒、手持佛珠的伪仁波切……他们在城市的广场集会，骗取信任，其目的不过是满足邪恶的私欲，用一束毒罂粟来充当圣洁的优昙婆罗花。

有一年，我到偏远的甘肃凉州一带采访，了解到当地民间存在的"紧皮手"现象。关于紧皮手的一切，早已被我的鲁院同学李学辉写进一部题为《末代紧皮手》的长篇小说，洋洋洒洒二十余万言，记述了一位紧皮手传奇的一生。原来，紧皮手是个类似于土地爷替身的角色，他替苍天行道，为庶民发愿。紧皮手是当地延续了千百年的乡村民俗风景，是乡民心目中八级地震也撼动不了的偶像。紧皮手的存在让乡民心安神定，紧皮手代表神圣和祈愿。因为有了紧皮手，大片荒凉的土地才会长出丰稔的庄稼和茂盛的植物，自然界才会风调雨顺，靠天吃饭、从土里刨食的乡民才会顺利地生存繁衍。

当然，紧皮手现象只属于凉州，那儿地广人稀，风沙格外大，生存环境恶劣，人类与大自然的斗争更加酷烈。而在我的故乡鲁西平原，是没有过什么紧皮手的，那里除了鬼魂和坟地里闪烁的幽火，还有土地爷，以及灶王爷、财神、门神这一连串的神秘人物，它们让炉灰成为禁忌，让无遮拦的儿童噤若寒蝉。但他们都是隐形神仙，无法和乡亲们直接对话，他们究竟存在不存在，藏身何处，至今也没答案。年节里，乡亲们供奉他们，模样虔诚地叩首许愿，可一年到头，土地该歉收歉收，庄稼该遭灾遭灾，乡民的生活依然水深火热。回头想想，那些节日里的供奉，白白浪费掉了。但乡亲们从没想要去追究土地爷的丝毫责任，依然故我，见神就拜，不错过一次跪地磕头的机会，有的把粗布裤子都磨烂了，膝盖上打了厚厚的补丁。

比较之下，我不得不佩服凉州一带乡人的聪明智慧，他们琢磨出了一个两全其美的办法：让土地爷这个关键性人物，用活体取而代之，成为可以对话、可以触摸、可以用肉眼看到的人。乡亲们经过反复磋商，三番五次地考察，其郑重态度和复杂程度不亚于认定转世灵童。于是乎，经过一番严格的遴选，村子里的某个少年就成为尽心尽责的紧皮手。

在凉州一带，执行紧皮手规则最虔诚的村庄里，想做紧皮手的人自然有很多，因为做了紧皮手就意味着一种蒙恩和荣耀，生活上可不必参加劳动，享受着村人的供奉和特殊待遇，在一些决定大事的场合也离不了他，一辈子受人尊敬。

由于紧皮手是个通天晓地的人物，那么他必然有许多异于常人之处，诸如戒律分明、行正做端、大公无私、秉持公义，也不能随便由着性子发言。依照风俗，紧皮手一辈子都不能结婚成家，更不可亲近女色，饮食上也不能饮酒食荤，也不会像普通人那样为父母尽孝，诸如此类，都将一个活生生的人打入扭曲变形的孤立境地。

当一个人一旦踏上紧皮手的道路，便会坦然无怨地接受命运给予他的角色定位，在经历激水、拍皮、入庙、挨鞭、改名等一系列的冗长仪式后，便担纲了土地爷的化身，成为一个有欲不能释放的太监式的紧皮手。如果他没有一点"大无畏"的牺牲奉献精神，他就会成为一个备受煎熬的紧皮手。

此后，他还需要改名更姓，带着乡邻们对风调雨顺的冀望，行使类似宗教的权力，一次次进行庄严的紧皮仪式，手执"龙鞭"，对土地进行喝问与鞭笞，令土地顺从乡人的心愿，长出麦子、青稞和大豆。

而让紧皮手料想不到的是，更加残酷的命运还在未来等他：按照规矩，他不得不离开生养自己的村庄，忍受着欲望与思乡的正常伦理，还要承受因紧皮不利带来的责骂与惩罚。

谁人知晓紧皮手内心深处的孤独与苍凉？可以说，在桂冠戴在头顶、光芒四射的同时，也决定了紧皮手的一生与快乐无缘，在他短暂多难的人世生活中，他甚至连做人的基本权力都被剥夺，他只是非人化地活着而已，一生都处于人性与责任的挣扎与矛盾之中。我们从另一角度认识到，做一个以牺牲正常需求为代价的偶像有多么不幸，而做一个笼罩着迷信和暧昧色彩的偶像，则更不幸。

　　紧皮手的存在，究竟有何文化上的意义？说白了，无非是一个幅员辽阔的农业大国，土地是其子民赖以生存的根本。正因为人类对土地的神圣膜拜，才催生了一代又一代紧皮手，使其成为祭品，你不能简单地将其列为"愚昧"的认定。在本质上，充当中介的巫术，设置了一个迷阵，环环相扣，使其陷入一个因果循环的死结，永远无解。如今，光荣而孤独的紧皮手早已在凉州的土地上消失，这是一则苦难寓言的消失，也是一朵黑色花的枯萎。

采桑葚的盲童

　　乌乡之所以吸引着我数次光顾，是因为这里散发着一种特别的气味，让我呆立在原地，可劲地吸鼻子。初次来时，先自一愣，"什么味道？"脑海里闪过几个词组或意象：腐败的花草，烂木头，坠落在地的野果，雨在谷垛上洒了一层薄水，狗来过，麻雀来过，炊烟和月光来过。

　　但想了半天，最终摇头，觉得都是，却又不够准确。一直到第二年，乌乡一个叫冬嫂的养桑蚕的女人说，镇子上空飘荡着的，是蘑菇和桑树在阳光下发酵后的混合气息。我一愣，表示首肯。

　　在整个乌乡，冬嫂应该算个狠人。记得那一次，我刚进镇口时，见一个女人站在一片桑园前，她手提一支特大号"二踢脚"，正笑嘻嘻地将其点燃，捻子在她手里哧哧地冒火花，极惊悚。待它将要燃爆时，她把手里的"炮弹"熟练而优雅地放飞了，一支箭完成了金蝉脱壳。只听空中爆出"嗵——哒"两响，两组美丽的焰火自由绽放。声音传出去，激荡人心，远山、林带都一阵骚动。在完成使命后，"二踢脚"的碎纸屑纷纷扬扬，飘落到桑树枝上。她站在原地拍着膝盖，咯咯大笑，肆无忌惮，又像是在和什么人赌气。

　　到了朋友的山居，先喝松针茶，我向他说起此事，朋友笑起来，说："哈哈！那女人是冬嫂，她用'二踢脚'驱赶盗贼。这招数只能吓一吓熊孩子，真正的盗贼可不吃这一套。"

朋友说起冬嫂来，眉飞色舞，大意是这个女人身上的故事多多，可以做写作的素材。这个冬嫂啊，开过油坊，卖过豆腐，采过草药，种过林下参，在工地上扛过水泥袋。现在日子好过了，她在镇上承包了十多亩桑树，养蚕和酿酒，颇有些名气。

可惜的是，行程匆忙，第二天一早，我便离开了乌乡去草原采访，只能与传说中的冬嫂擦肩而过。

第二年暮春，我再来乌乡，这次终于和冬嫂认识了。朋友说冬嫂性格敞亮，脾气火暴，说话直率，但她人好，刀子嘴豆腐心，这是典型的白山乌乡人性格。"其实呢，她的心比豆腐还软，软得一塌糊涂。"朋友一边说，一边给冬嫂打电话，约她晚上来一起吃酒。听得出，冬嫂答应得爽快。

冬嫂说："我带几瓶桑葚酒，让你朋友尝尝。"

当晚，冬嫂来了，模样与去年几乎没有什么变化，单是清瘦了些，眼睛很亮，灵动忽闪，似乎含着笑意。看得出，她精心打扮过，化了淡妆，描了细眉，身上散发着一股淡淡的草香气。不过，她的手指关节不小，手背有被阳光咬啮伤害过的痕迹。另外，她穿一双黑布鞋，牛仔布裙子上绣着两朵小红花。

那一晚，我们居然喝掉了三大瓶冬嫂带来的自酿桑葚酒，说笑声传出好远，惊起一阵狗叫。冬嫂说这是桑葚原浆，难怪有一股浓郁的桑葚子味道，令人联想到甘洌的山中清泉。就这样一时大意，我多贪了几杯，结果大醉。当然，致醉原因，与冬嫂的好酒量有关。一通闲聊，我才知道冬嫂是个寡妇，带着一个不满十周岁的女儿生活。她的丈夫是怎么死的？我忍住没问，怕牵出一堆伤心往事，破坏了气氛，把喝酒变成了吐槽。我向她提起"二踢脚"的事儿，她不好意思起来，解释说："让您笑话了呵。"原来，冬嫂此举纯属无奈，实在是有些乌乡人不讲究，嘴太馋，手脚也不太干净，见啥拿啥，被她抓了现行呢。对方耍赖："嘿嘿，冬嫂，俺以为这是没人要的东西呢。"

有的老光棍汉子还会趁机揩油，伸出"咸猪手"拧她的脸蛋儿，朝她丰满的胸脯抓上一把。这可把冬嫂气坏了，她抄起一根桑树棍子，朝那人就劈，边追赶边爆粗口。我开玩笑，问冬嫂是怎么骂人的。不料，冬嫂借着酒劲，张口就还原了一句东北粗话，说完她笑得前仰后合，倒弄得我虚伪地害羞了半天。

后来，酒劲上头了，我断了片，以至于冬嫂是何时走的，我们又是如何散场的，统统失忆。只记得半夜时分，我从昏睡中醒来，盯着屋内的摆设愣怔良久，是乌乡特有的气味让我清醒过来，才明白了自己身处何地。我下了床，趿拉着拖鞋，拉开屋门，走到院子里，看见满地的月光在爬行，听见虫子在瓦下演奏一支怀旧的乐曲，而远处火车的轮子摩擦钢轨的声音，让我打了一个激灵。

这是在一个梦乡里吗？不，这是梦乡的下半夜。

最难忘的是第二天，我与朋友如约来到冬嫂的桑园，冬嫂早已在桑园外等候。栅栏外摆了一张小木圆桌，盘子里盛满了各种乌乡小吃：大松仁、葵花籽、红皮花生，还有甜晕喉咙的香瓜。落座后，冬嫂朝桑树林深处喊叫："鸟儿——鸟儿——"

朋友说，鸟儿是冬嫂女儿的乳名，大名叫胡蓝子。此时，鸟儿正提着篮子采摘桑葚。朋友起身说："我去接她。"

听到妈妈的喊声，不远处响起一个童稚的回声。过了好久，才看到一个瘦瘦的女孩挎着篮子，深一脚浅一脚地走来。我远远地凝视着她那一张充满稚气的脸颊，看到她的眼睛像镶嵌上去的两粒黑宝石，一动不动。

草比着长高

　　乌乡后山的空地，被一面山遮挡，多年来寸草不生。它一度成为人们在春夏时节野外郊游时的休憩之所，人们到林间捡拾枯松枝，在空地上燃起篝火，跳舞唱歌撸串；有人挖一个深坑，支上一口黑铁锅，炖上一锅红烧肉。野炊突出一个野趣，兴奋点远胜于在餐桌上进食。来乌乡旅游的一对对年轻人，支起帐篷，怀抱吉他，品着红酒，观星望月，在空地上过夜，煞是浪漫。时间久了，空地上垃圾遍地，无人收拾清理。镇上的上千户人家时常动土，盖房子、挖地窖或修牛栏，便习惯性地把灰土、碎石渣之类的建筑垃圾遗弃到空地上，它们渐渐成堆，积成一座小山。

　　秋天过后，风把叶子吹到空地，渣土丘下堆满了落叶，远远看上去像一座孤坟。

　　立冬后，乌乡的第一场雪把土丘覆盖，搭眼看上去和积雪的山头没有区别，没有人识别出那是一处垃圾堆。但野物们知道，它们的嗅觉与视觉比人类的灵敏百倍，会识别自然界的一切变化，精确到一个角落、一条河、一株树、一角屋檐和一方灶台，更别说这后山的一大片空地。一句话，它们比人类更加注重风水。例如燕子，它们宁肯绕很远的路程，也不会将就凑合在一处肮脏之地筑巢繁衍后代，它们会为此费尽心机，选择在吉祥和睦之家落脚。人们看到成群结队的白嘴鸦口衔树枝，飞到河对岸过冬。

河对岸有一座寺院，里面住着一位年迈的僧人，据说他在此地修行已经多年。除了每天盘腿打坐等课业，他把寺院周围的山野都植满了各种植物果木：岳桦、落叶松、紫椴、胡桃楸等；还有大片低矮的灌木林，以及一些草本植物，如二月兰、苜蓿菜、车前子、紫地丁……人们常常见僧人手持木钵，到寺院外撒下一地金色的谷粒，投喂给路过的鸟儿。乌乡人见了，有人称道，也有人指责他此举欠妥，说他将化缘来的粮食喂了麻雀，糟蹋了农人辛苦换得的劳动果实。

僧人听了，微微一笑，并不搭言，双手合十，默默地离开了。

冬日一场风雪过后，僧人手提木桶，到对岸的水井里汲水，在路过后山空地时，发现了这座渣土山。他围着渣土山端详良久，突然一拍后脑勺，似乎有了主张。他提水回到寺院，一头钻进柴房，从青草垛里掬下一钵草籽，用了整整一天的时间，把一钵草籽撒到了后山空地。当然，这一切都是悄悄地进行，没有人看到，也无须人看到。

时隔不久，春天来临，整座渣土山上便长出了一丛丛绿油油的青草，待花穗落尽，结出一串串像星星一样的草籽。还有大片龙葵，结出一堆堆玲珑剔透的黑甜甜——这东西味道鲜美，像神灵赐予人间的野果。僧人在月光下悄悄地将其采撷下来，盛在木钵里，第二天用来替代谷粒，投喂麻雀。乌乡的路人见了，仍是有人称道，也仍是有人指责他浪费粮食。

僧人听了，仍是微微一笑，没有说话，双手合十，默默地离开了。

太阳每天照耀着寺院的屋顶，僧人依旧每日独自修行，鸟雀依然围绕着寺院翩翩飞舞。貌似一切都没有发生变化，只有渣土山上的草们在风中挺直了腰身，铆足了劲儿，拼命似的比着长高。

雪地山狸

山狸子也叫猫豹子，学名猞猁。它是介于猫与狐狸之间的生灵，据说性情狂野凶恶。它不像猫那般温驯，也没有狐狸的狡猾，但我遇到的一只山狸似乎不在此列。

春节过后，林区的天气渐渐回暖，河流开始融冰，尽管山顶和松树枝上依然积雪皑皑，屋檐下还有晶莹的冰挂。我回到乌乡的出租屋，行李刚刚放下，木门外便响起了一阵窸窣声，接着是两声微弱的"嗷——嗷——"叫声。叫声比猫的粗犷沙哑，像是猫患了感冒，声线都在低音区。"这是野猫吗？"我一边心里嘀咕，又一边摇摇头。

由于乌乡地理位置特殊，严寒格外漫长，这里的流浪猫很难挨过冬天，我在河畔散步时经常遇到流浪猫的尸体，有时是一只，有时是五六只。当然，山狸子的抗寒能力是超强的，它们可以在零下四十度的雪地里生存下来。

听到叫声，我拉开木门，那只山狸子却机警地躲到了矮树丛里。树丛里积雪茫茫，初春的阳光孱弱无力，根本照不化它们。我偶尔会用雪铲挖一块雪，放入几束松枝，熬松针茶喝，把水熬得绿中泛黄。我回屋，冲了一杯热羊奶粉，倒入一个瓷碗里；又打开一听牛肉罐头，把肉和奶端到树丛边。闻到羊奶味儿的山狸子，飞快地从树丛中探出身子，它大概是饿坏了，径直把头埋进碗里自顾吃喝，一口气将碗里的食物吃个精光。吃饱了，它终于抬起头，用一种楚楚可怜的目光打量着我，流露出一种求助式的目光。

这是一只年轻的雌性狸子，毛色黄白灰相间，当地人俗称"三花"。大自然在造物时给猫科动物施加了迷香，让它的体态和叫声里掺杂了销魂物质。这只山狸子被创造得十分漂亮，堪称妩媚，尤其是它光滑的毛皮，纤尘不染，丝毫没有在荒野生存的凌乱痕迹。我慢慢靠近它，蹲下身来，发现它的左眼有些上火，眼角膜上布满了血丝，右前爪有结痂的瘀伤。这说明它目前的生存处境艰难，需要人类的帮助。虽然这只山狸子处于体弱状态，却丝毫没有影响它整体的美感，如果"梳妆打扮"一番，妖娆相就有了。在一瞬间，我甚至怀疑这只山狸子并非纯种，是个"二串子"，即野猫与狸子交配的结果。

我开车到了镇上，那里有专门的动物诊所。我向兽医简单陈述，买了两瓶动物滴眼液。回到家已近中午，我从鞋柜里找到一只胶皮手套，做好了治疗前的准备工作。喂食的时间到了，我在屋前屋后寻找半天，终于在一个枯草干沟里发现了山狸子，只见它把头埋到身体里，全身微微抖动，正在专注地用舌头舔自己的皮毛，舔得认真仔细，好像闺房中的女子在梳理自己的秀发。我心想，这小家伙为了自己不招人讨厌，也是拼了。

我把小瓷碗端过去，它的嗅觉超级灵敏，立马就闻到了肉香味。它小心地抬起右前爪走过来，凑近食物，将头埋进碗中，细致地吃食，这次是两条鱼和半杯羊奶。我戴着胶皮手套，趁它专注吃东西时，一边对它说些关心的话，哄它放松戒备，一边伸手去抚摸它。当触摸到它的脊背时，它本能地哆嗦了一下，但并没有躲闪。我顺势把手伸到它的头部，轻轻捋了个全身，待它彻底放松警惕，剩下的事情就顺理成章了。为防止它发凶，我招呼了门前路过的邻居老郭帮忙。老郭是林下参的种植户，他见过的动物多，很有经验，我们原本平时不太说话，只是见面打个招呼，这次因为山狸子头一次走近，也是缘分。就这么着，两个男人配合默契，三下五除二地就把事情办好了，还给山狸子的右前爪进行了简单的消毒包扎。

刚被点了眼药水的山狸子受到化学物质的刺激，极不舒服，奋力地从我手中挣脱，嘴里还发出呜呜声——这是它出生后头一次用药物治病吧？跑出几米远后，它很快适应了药效，恢复了平静。它两爪朝前伸了个懒腰，然后仰躺，双爪作抱拳状，似乎是道谢。

我当即判断，这是一只聪明的山狸子，一句话、一个动作，甚至一个眼神，它都清楚地懂得，明了人做的一切是为它好，或者为它坏。这种直观的感受力，要胜于某些人类。

此后，它在我的屋前"安营扎寨"，我为它准备了一个养蜂人留下的空木箱，但它好像不肯入住，仍习惯在松树枝下的草丛里过夜。哪怕听到我的一声咳嗽，它也会敏捷地做出反应，钻出来摇摇尾巴，伸个长长的懒腰。有几次，我试图带它进屋，让它变成正式的家庭成员。但奇怪的是，无论我怎样尝试，它都不肯照办，在深夜的阳台上狂叫不止，吵醒了周围的邻居。无奈之下，我只好将其放归自然。是它太热爱自由了。我这么想。

我给它取了个名字：美美，并且制作了一块小木牌，写上它的名字，系在它的脖颈上。让外人看到了，知道它是有主人的，在起歹念时也会有所顾忌。

事实证明，我的猜测有一定的道理，因为在过了大约半年后，这只狸子的体态看上去还像一只猫。如果是纯种的山狸，应该越长越接近一只小豹子的体态，并且强壮、凶悍、好斗，这是由血管里奔突的血液和基因所决定的。

眼瞅着它渐渐长大，但它却依然温驯乖巧，这让它频繁遭受其他动物的欺负。动物们之间的战斗，大都在夜间进行，它们喜欢夜游，在月光下寻找自己的所需。双方相遇了，四目喷火，吱哇一阵狂咬，吃亏的都是山狸子。事后，山狸子独自承受一切，在雪地里默默地舔净伤口，眼睛泪汪汪地溢出感伤。

春天过后，乌乡的野狗开始多起来，几乎任何一条狗的吠叫，都能引发山狸子一阵不安的骚动，使其迅速隐入草丛，屏住呼吸。有一次，我亲眼看到一条狗在空地上追咬它，它惊慌失措，拼命向前奔跑，在狗快要咬住它的尾巴时，幸好出现了一棵松树，它嗖地一下就蹿到树上去了，在树枝上鸣哇大叫。我立即鼓掌，又气得不行。我拿起一根木棍子，一棒接一棒地打出去，帮它对付那条野狗，当然都打在地上。见野狗逃走了，美美从松树枝上跳下来，颠颠地跑向我，扑到我的怀里。我拍拍它的头，安慰道："别怕，孩子，你要勇敢点啊。"然后，是一声叹息。

雷雨季节来临了，我又试图让美美进屋躲雨。好歹将它哄进屋，喂它牛肉，但它很快就流露出不安，盯着墙壁和屋顶，打量室内的陈设，警惕性高到十二分。果然，待我试图关上屋门时，它箭一般地逃出去了。自此，我认定了它不适应豢养生活。它不是八哥，不是鱼，不是狗，不是狐狸，甚至不是一只纯粹的猫。可它究竟是什么生物呢？后来我干脆不想了，只要它是一个生灵，生得漂漂亮亮的。最重要的是，它和我今生有缘——整个乌乡有二十多个村落，至少有上万人在此繁衍生息。它连封闭的屋舍都不信任，可唯独向我投了信任票，其中隐含着命运怎样的暗示与玄机？

我常常想，这只山狸子，它在人世间忍受得太多了，它的父母去了哪里，它又是如何与之分离走散的，是被父母遗弃的，还是被暴风雪强行拆散的？都成了一个个不解之谜。

有天晚上，美美突然失踪了。

事到如今，我还是无法形容美美离开后的失落心情。第二天一早，当我拌好了一碗吃食，将其放到草丛边的刹那，没有得到熟悉的回声——哈欠声、愉快的叫声、踩踏落叶声。我呆愣在原地，心里泛起一阵难以名状的酸楚，感觉相当难过，几乎要落泪。这是一场没有预料的伤害，仿佛童年时失去了最亲密的伙伴。后来，我从微信朋友圈了解到有许多救助流浪猫的朋友，他们的经历与我的感受完全相似。

不久前，我在河北某地参加笔会，遇到湖南女散文家申瑞瑾，她也是我的鲁院师妹。我知道她喂养了十几只小区流浪猫，这是一种人道主义式的喂养，她极其负责，专门腾出一间仓房存放猫粮。但理性的她，几乎不和其中任何一只野猫建立私密的感情连接，这让她免遭被"遗弃"的伤害。我当时听了她的话，很不以为然。现在终于尝到了滋味。

邻居老郭对我说，他有个在大兴安岭林区做小学教师的侄女，有一年考取了师范学院的研究生，到了报到时间，最终却选择了放弃，原因令人难以置信，竟然是因为她从小养到大的一条金毛犬没有找到合适的人来饲养。

"我总不能带着一条狗去读研吧？"她振振有词。此前，每当我听到类似的故事，都觉得演绎成分较大。但现在，我是真真切切地信了。

愿我的美美和它的如意郎君幸福快乐，生一堆可爱的小山狸子。

门廊物语

　　门廊的用途时常被人们忽略，觉得它可有可无。说起来也合乎逻辑，因为院墙和木门才是连接点，无端地多出一截两米多长的门廊纯属画蛇添足。

　　我曾经在西北沙漠地带见过一些简陋的门户，推门便是宽敞的院落，让人感觉没有过渡，好像一脚踏进了一幕短剧，剧情刚开始就结束了。院子的主人库尔班大叔说，他们这里在建造屋舍时不考虑修门廊之类的，因为风沙太大，门廊容易存土。十年前的那个春天，大风刮了三天三夜，门廊被堵得剩下一个窟窿，害得他像一只地鼠那样爬出来，东瞅瞅，西看看，一脸懵。他在院外转悠半天，发现整个村子都被沙土掩埋，四周空无一人，牲口棚和拴马桩都不见踪影，树枝光秃秃的，他仿佛走在梦境之中。

　　找不到牛，找不到骆驼，没有一声狗叫，天上也没有一颗星星。他摸索着来到村外，发现整条河流都被沙土吞噬了，河道里只剩下一点点水。他找到一个瓦罐，费了很大劲才盛满一罐水。当他第二天又来到河边时，发现那一点水早已蒸发殆尽，而他就凭着昨天取到的这一罐水，渡过难关，活了下来。说着，他举起右手给我看，我当即大吃一惊：为了找水，库尔班大叔用手在沙土堆里用力扒挠，食指与中指的关节坏掉了，它们无法正常弯曲，颜色呈黑褐色，这是灾害给人留下的"礼物"。

在沙漠里游走的日子，我时常遇到一些缺胳膊少腿的人，他们要么瞎了一只眼睛，要么走路歪斜着身子。我凑上前与之闲聊几句，就会像扯出线头那样扯出一串回忆——在长期的劳动与磨损中，他们忘记了许多往事，但却会把自己受伤害的日子记得准确无误。

风灾以后，库尔班大叔拆除了门廊，甚至还拆除了木门，让屋舍简单到一目了然，哪怕此后风沙掩埋到窗台，也不至于从门廊里爬出来。他家的房子像一座中世纪的古堡，这样的房子住进去感觉踏实。如果一个人从沙漠地带远远走来，会觉得这户人家朴实稳重，可以信赖。写到这里，我想起我与库尔班大叔有多年不见了，不知他身子骨是否健朗。让我无法忘怀的是，我在他家吃过的手抓饭和沙葱炒蛋，当晚还在他家的西仓房里住了一宿，听了一夜耗子咬粮囤的声音。我记住了一个细节：库尔班大叔在沙漠里拾荒时，捡了一麻袋铁皮罐头盒子，他将这些盒子堆放在仓房里，盒子大多已经生锈，他却舍不得扔掉。起初，我以为这些废品是为收购站准备的，一打听才晓得错了——它们是库尔班大叔用来储水用的，以应对袭来的风灾或者雪灾。由此可见，一场自然灾害，会给人带来多大的心理阴影。

而乌乡地处白山深处，与沙漠的地理环境迥然不同，除了风俗习惯，甚至连一个小小的门廊的用途都有本质区分。这让我瞬间验证了一个事实：一个地域与另一个地域存在巨大的差别，大到一个省份，小到一个村落。如果细加追究，可以推理到一个人与另一个人——这差别有的被处境牵制，有的被认知牵制，有的被受伤的记忆牵制。

我来乌乡时刚刚立秋，但天气依然处于一惊一乍的暑热状态，只是一早一晚温度骤降，需要套上一件长袖的秋装。我那时尚年轻，还留着一头流浪青年的长发，穿一条被水洗得泛白的牛仔裤，肩上背着一个松松垮垮的蓝色帆布包，内装一个手灯、一个指南针、一把水果刀、一瓶风油精，还有两听牛肉罐头、一小瓶二锅头。很明显，这是一位旅者穷游的行头。为了节省十几元钱，我是打算随时睡在荒野桥洞里的。

在乌乡的头一天有些疲累，倒头在客栈里睡了一个长觉，醒来已是第二天的清晨。吃过简单的早餐，我顺着门前的河流散步，空气新鲜如露，白云悠悠。举头望见巍峨的山峰，一颗星似乎还未隐去，山溪在耳畔哗哗地响着。我留心观察乌乡的特征，凭借多年的旅行经验对眼前的一切做出了一个判断：乌乡的人家几乎所有木门都是敞开的，门廊深邃悠长，像半截隧道，一眼望不到院子里的景物；有的人家门廊顶上堆放着细柴，也有的门廊上站着几只鸽子或一只红毛公鸡。

我推门进入那户紧挨客栈的人家，顿时一股烟火气扑面而至。征得女主人的同意，我对这家院落进行了比较细致的拍摄——这是我深入白山进行生态考察的规定动作：手持相机，怀揣一个蓝色的大本子，里面写满了人、动物与植物的生存现状，当然还有一些旅途见闻或奇遇故事。总之，这一段生涯对我的写作至关重要。

眼前是一个典型的东北院落：木柴堆、谷草垛，几根白桦木横卧在院子的一角，偏房里有砖砌的炉灶，一口油亮的大铁锅是主人饮食口味的佐证，被烟熏黑的墙壁上挂着各种炊具，院子里一株开花的石榴树十分养眼。院落的主人是一位面目和善的老阿姨，她把整个家收拾得井井有条、干净整洁。她告诉我说，一大早，她的男人便去白山采药材去了，什么车前子、蒲公英、白灵芝、野天麻、石韦草、刺五加、桦树茸之类的，这是整个家庭的一项重要经济来源。这些东西采回家后，也不必花时间进行加工，拿到集市上就能变现。

人们越来越喜欢原汁原味的东西，这是自然赐予人类的福利。

最后，我在长长的门廊里留心观察了好一阵子，觉得这家人的门廊颇有特点，简直打理得像半个会客厅：门廊里摆放了一张双人沙发和茶几，一面墙壁上的凹槽处供着观音、财神爷，也有根雕和石雕，还有一坛人参酒。老阿姨说，她家老头子时常在门廊里的沙发上睡觉，原因是有一年白山一带暴发了山洪，他们家的木门被洪水冲走了，房子也被冲塌，而用石头砌的门廊却保留下来了，门廊上写有"五福临门"的牌匾也没有损毁。男人至今心有余悸，觉得用砖瓦建造的房屋也不结实，琢磨半天，还是觉得门廊可靠方便。如果山洪再度袭来，推开门就可以逃生避难，动作快点的话可以逃到山外。

老阿姨说："别说门廊了，家里任何一样东西貌似都不起眼，也谈不上值钱，但过日子样样有用，少了一片树叶也不行。"

当天夜里，我在本子上记下一句话：

"在乌乡，连一片树叶都没有多余的纹路。"

乌乡的行当

在乌乡，除了采集和种植，来钱快的活路不多，从前是狩猎，现在是养蝎子、蜜蜂、林蛙和野猪——茂密的林中有一处处养殖场，步入其中，会遇到躬身忙碌的饲养工，他们头戴遮阳草帽，或者身着野外作业工装。当然，较之野生采集，培育、养殖出来的东西价值要低得多。

从前，乌乡活跃着一支狩猎队，他们在林海雪原中穿梭，练就了一身本领，他们从乡人嘴里获得了很多赞誉，也获得了让人拍案叫绝的绰号，什么"东北虎""雪里钻""草上飞"之类的，但随着时光的推移，狩猎行业没落了。很快，聪明的乌乡人完成了升级转型，组建了一支采参队，结果又成功了——采参让一部分人成名成家，成为乡人口中的人物。数年过后，野山参被采得差不多了，采参队员们时常在森林里寻觅数日也一无所获，以至于看花眼的乌龙事件频繁发生，令人啼笑皆非。这是大自然在与人类开玩笑，被捉弄够了的人类，只好两手空空地归来，休整反思，寻找新的行当。

"做不下去了，收摊子回乡吧。"一个个曾经炙手可热的行当，就这样衰落与消失了。

人们眼巴巴地凝望天空，从黎明等到黄昏，新的行当却迟迟不肯显现，但每天的日子却依然滚滚向前，具体而琐碎。无奈之下，人们只好重操旧业，拾起了丢弃多年的旧行当，寻思半天，还是接地气的手艺牢靠。在那一个时期，乌乡的街道上几乎一夜间冒出许多作坊，分别是裁缝店、榨油坊、豆腐坊、包子铺、铁匠铺、棺材铺……各种传统的老行当卷土重来，叮叮当当，把乌乡从沉睡中叫醒：往往天还蒙蒙亮，烟囱就以冒烟的方式开始了一天的劳作——炊烟里弥漫着一首首怆然的老歌。

人们发现，来乌乡旅行的人渐成规模，饭店和客栈的生意开始红火，迎来一波又一波流量。那些柴窝里的鸡鸭、木栏里的牛羊、河道里的鱼，以及山脚下的野味，都在快速减少，它们大批量地填充了外乡人的胃囊。在乌乡人眼里，这些外乡人的突出特征就是口味较重，吃相也不够雅，除了经典的小鸡炖蘑菇和酱大棒骨外，乌乡人不敢吃的东西他们统统可以拿下，如麻雀、豆虫、蛐蛐、蚂蚁等。乌乡人用夸张的语言形容道："啧啧，这帮子人到了咱乌乡，眼睛瞪得像车灯，张着一副大马猴嘴，抄起筷子，把七盘八碗一起打包，直接往嘴里胡塞，真是见啥都馋！"口吻虽带讥讽，但难掩自豪与喜悦。

乌乡的蝎子个头肥大，通体浑圆透明，其尾部能发出一种咝咝的声音，老远就能听到。乌乡的山蝎很快远近闻名，专家说其口感和药用价值皆属高妙品质，远方的商人慕名而至，与乌乡人签下订购合同，拿到城里去卖一个高价，双方实现互惠。一个地方因为盛产一种小小的生物，会改变这个地方的风水，这话不是没有道理。乌乡人打算找高人策划，把蝎子做出名堂，全力打造"山蝎之乡"。

果不其然，游客们很快盯上了乌乡的野生蝎子，一盘油炸山蝎，成了餐桌上的招牌菜。一时间，乌乡的山野间出现了庞大的捉蝎队。人们手持自制的铁钳、小镊子，搜遍山中的石缝碎草，翻开潮湿的瓦砾，进行地毯式搜索，将一只只肥大透亮的蝎子从藏匿处夹出来，放入玻璃瓶，再倒手卖给乌乡河畔的餐馆。生活在处处摩拳擦掌，人们似乎看到了一个新行当在乌乡出现。尽管在捉蝎的过程中，一些捕手被蜇得吱吱哇哇地叫，有人甚至还为此丢了性命，听说上级已经叫停捕蝎事宜，对野生山蝎做出了保护规定，但依旧有人趁黑夜偷偷进山捕蝎。

那一天，我参加了一个乌乡青年的婚礼，喜宴上的人们小声说话，似乎喜悦中混杂着感伤的基调，新郎的母亲也郁郁寡欢。小心打听，才知道这家男主人在一周前刚刚离世，三天前刚办过葬礼。而婚礼早在一个月前就通知了七大姑八大姨，找阴阳先生掐算好的日子也不好更改。青年的父亲正是一位捕蝎高手，据说那日黄昏，他遇到一只罕见的大蝎，够得上蝎子王的级别。其父在捕捉过程中摔跤滑倒，四脚朝天。那大蝎甚是凶猛，趁机就是一扑，蜇伤了捕手的左腿，整条腿很快就变黑了。入夜，人们找到捕手时，他已经昏倒在草丛里不知过了多久，毒液已经游遍全身。

喜宴上，传菜员端上一盘油炸蝎子，人们三下五除二就将其扫荡光了。我当时从心头萌生出了一种奇怪的感觉，觉得此种速度，未尝没有一种复仇的意味。

写给草籽的信

　　在孤独的旅途中，我远离了城市的喧嚣，每天抬眼看到的是蓝天和白云，山野和道路，草原上的花穗和一个个水泡子湖。我常常在一望无垠的大草甸子上躺下来，盯着天空的飞鸟呆愣好久，嗅着阵阵草籽的清香睡去，醒来已是满天星光。离开居住地，故乡渐渐走远，这一走就是一年之久。我是因为遭遇到一点不愉快，才赌气离开家的。当时我只有一个简单的念头：离开这座令我讨厌的小城，离开七嘴八舌的流言蜚语，随便到一个地方都可以呼吸到一缕新鲜的空气，哪怕死在外面。最初，我的流浪方式是徒步加骑行，遇到阴雨天气偶尔搭个便车——马车或三轮车都行，这样可以和当地师傅聊聊天，接收一些外部世界的信息。到了后来，我对枯燥的旅途突然萌生了厌倦，一度想撤退回乡，但又顾虑重重，觉得这样草草结束会遭到故乡人的耻笑。人生中有些决定，需要再等一等，再观望观望。我记得我把山地车送给了草原上一位叫巴根的牧民兄弟，改由乘车前行，这样一来，花费多了，囊中愈发羞涩，但相对安全。住在散发着柴草和煤烟气味的简陋客栈里，也有充足的时间思考和记录。

　　最难抵挡的，是寂寞不时袭来，像小虫子啃咬玉米秸秆那样虐心，而对于故乡和亲人的思念愈发围堵胸口，这使我很快宽宥了与之发生的那些冲动争执，剩下的全是美好过往，一个细节、一句话，甚至一个温和的眼神，都让我热泪盈眶。

　　那一天，在荒凉的小镇上，我突然找到一个排遣的出口——给故乡的挚友们写封书信吧，再随手寄上一张明信片，盖上邮戳发走。我心里想象着他们拆开信的样子，感觉眼前的一切豁亮透明了许多，好像压迫在心头的一块巨石被移走。

　　我把一封封书信通过镇上的邮局发走，并不祈望得到友人的回复，因为我是一朵漂泊的流云，居无定所，即便有回信也要辗转数日才能收到。当时还没有网络，更没有微信朋友圈，联系全靠书信，绿色的邮车沿明亮的乡村公路穿梭。一年多来，尽管我没收到过一封回信，但想到朋友能够收到我的祝福和牵挂，就有一种幸福感涌上心头。

　　再后来，我给身边的景物写信，比如给一株白桦树、一头梅花鹿和一幢被废弃的旧农舍写信。至今记得，我给秋天的草籽写过一封信："亲爱的草籽，怀孕的草籽，愿你来年春天生一群孩子，棵棵都是好样的。"

第二辑　劈柴之声

第一滴水

早晨，吃掉昨晚在火炉上烤熟的两个土豆，准备搭一辆拉柴的货车进山。

出门一仰头，看见了太阳，但差不多就在同时，我感觉鼻尖上突然多出了一滴清凉的水。我将它取到手指上，看到它在阳光下闪闪发亮。

我当即认定，它不是我体内的分泌之物——汗水或泪水，而是一粒瞬间形成的透明颗粒，它仿佛受了神灵的派遣，来传达春天降临的消息。从最近的一条山谷里，响起一串布谷鸟的叫声，飘出一阵淡蓝色的雾岚。

这让我在整整一个上午都没心思干活，在琢磨这春天的第一滴水是从哪里来的——来自大地还是天空，江河还是湖泊，乡间的麦草垛还是旧屋檐下的冰凌，或者是白山顶上的积雪萌生出的一个冲动的念头。

昨天下午，我还看到磨坊的门被冰雪紧紧封住，我用斧头也没能将其敲开，只好把准备磨碎的豆子原封不动地拿回家。我沾了一身冰雪的碎末，回家后默默地脱下棉袄，放到火炉旁边烘烤了整整一个晚上，结果烤煳了半边袄袖。

坐上车后，我问一位要去白山采野的人，河道里的冰是从什么时间开始融化的。他支吾半天，也没有说出一个令我满意的答案。后来，他开始滔滔不绝地向我谈论某一种山货的价格。

　　一路上，没有人知道我手里紧紧地攥着一滴水，我能感觉到它的存在。我知道只要我一松手，它就会变成一只鸟儿飞走，飞向群山。

　　而我的打算是把它放回河流之中。

春天的土鳖虫

春天初至的几天，白山脚下的光线，上午和下午有所不同。具体而言，上午的光线像从空中撒下的一袋酵母，把泥土从里到外照得温热而蓬松，植物萌芽的气息从地表大面积地发散出来，刺激得人忍不住流眼泪或者打喷嚏。而在那一刻，我正在山脚下沿河散步，身上微微出汗，不时弯下身拨弄草丛，发现碎草间开出了颤巍巍的一簇小花。当我行走了一千余米，尔后折身返回细细观察，却惊喜地看到小花旁边结出了一串穗芒的幼芽——这是自然神奇的能量，以秒杀的速度把严寒驱走，给大地换上新春的衣裳。

我抬头望一眼远山，看到一团乌云正在山顶集合，似乎还打下一道微弱的闪电，隐隐的雷声自天外传来。

我用目光扫视四周，忽然发现河岸上竟然出现了许多人，石头似的移动，有些莫名其妙。他们低着头走路，互相不打招呼，似乎把全部的注意力都集中到了脚下。我很纳闷，欲上前探个究竟，但他们的表情都显得严肃，像酒店房间的门前挂了"请勿打扰"的招牌。我暗暗企望从中遇到一个熟人，眼瞅着一张张脸从我眼前掠过，终于发现一个东菜屯的人，我就凑前低声叫住了他，情景像电影里的特务在对接暗号：

"哎，你是'二偏'吧？在找什么呢？"

这位叫"二偏"的少年，是东菜屯的一名"唐氏综合征"患儿。

这类孩子自然是不幸的，他们仿佛拥有同一张脸，出自同一个机器模具，表情憨厚又有些夸张。听了我的问话，他看了我一眼，用鼻音嗡嗡作答。我没听懂，又问了一遍，才隐约听清了四个字：

"找土鳖虫。"

隐隐的雷声自远山聚集，我的脑袋轰地响了一下，眼前闪现一行大字：立春！蛰虫始振，万物竞发。

其实，立春日早过去了，但白山的春天比南方的春天要迟到一两个月。因此，这里的春天像是一列晚点的火车，一旦发动就风驰电掣一般。

无论是在白山还是在别处，土鳖虫都是名贵药材，具有活血化瘀之功效，而野生土鳖虫堪称珍贵，价格看涨。这些可爱的虫子们在立冬后潜入松土中冬眠，身体变硬、蜷缩，佯装熟睡，其实是在侧耳谛听季节的变幻，在心里一天天地数日子，企盼在春天隆重地涅槃。当然，整个冬天是极其难熬的，在长达半年的时间里，它们不吃不喝，静待春天来临。天气转暖后它们钻出地表，有的展开双翅飞向丛林，完成雌雄交配，收获幸福；有的则成为人类瓦釜中的一味药，在砂锅里煎熬，最后被灌入胃囊。

我从河岸回茅屋的路上，看到东菜屯已是一片忙碌的景象：人们拆散用木条扎成的篱笆，清理路边的碎石；也有人在小树林里用电锯切割树杈；一位老太太挎一个荆条篮子，到野地里去挖荠菜；那个在当地小有名气的捕鱼能手，正把穿了一冬的蓑衣挂在谷仓的墙上。在路过一块菜地时，我看到一把立着的铁锹，它的木柄上戴着一顶狗皮帽子。嗯，没有人，我在想：人呢？阳光照着正午的烟囱，炊烟夹杂着炖肉的香气在东菜屯上空弥漫。

我知道眼前的一切，像一个盛大的节日，都是为了迎接春天的到来。而那些河岸上的土鳖虫们，好不容易等到春天来临，来不及看一眼白山的景色，就被囚禁在一个蛐蛐罐里，罐内漆黑漆黑的，没有一丝光亮，还不透气。于是，我找到"二偏"，买下他捉到的半罐土鳖虫，寻一个僻静处，将这些相貌丑陋的小东西悄悄地放生了。

善良的烟囱

在森林中的寂静时光里，人的大脑时常会陷入迷离的状态，会对某个事情遐思良久，或盯着眼前的景物观察半天。

有一次，我从河边采野回来，听到河水在耳畔喧响，昆虫在空中嗡嗡飞过，眼前有一小块阳光移动到了石头上。快走到家门口的时候，我突然神使鬼差地停住了脚步，远远地盯着茅屋顶上的烟囱入了神，眼前兀现一个特写镜头，烟囱在意识中放大，周围的事物矮下来。我越看越觉得烟囱像一只老实的猫，憨厚又可爱，总之，它不是一个静止的物体，但它又是多么安静啊。时常，大风吹刮着它，暴雨朝它灌水，而雪花会塞满它的嘴巴和胃囊，但它忍受着这一切，不急躁也不逃跑，始终待在屋顶的一角，好像在受苦修行，又好像在等待爆发的那一刻。

其实，它完全有爆发的时机啊，只要铆足了劲儿，用力一吸，把灶膛里的明火吸到屋顶上来，就能狠狠地惩罚一下主人。但它从来没有这么做过，即便在年节里，主人连续几天烧柴炖肉，它累得要吐血的时候，它也从没有动过一丝报复或破坏的念头。

这是多么幸运啊，无论你住在什么样的房子里，遇上一根善良的烟囱太重要了——它不忍心看着屋子的主人陷入窘迫与尴尬，永远不会把瓦片之类的杂物从屋顶上丢下来。

要知道，在神秘的白山，蹊跷古怪的事例很多，比如屯子里有个人在山里采到一块好看的巨石，费尽周折搬到自家院子里后，奇怪的事情发生了：石头在安放的瞬间碎裂了，是人们眼瞅着它一点点碎裂的，拦都拦不住，此前没有预兆，像用了慢镜头特效似的碎成了一堆废石渣。而在采挖它时，人们动用了钢钎和铁器，可见其材质是何等坚硬。

白山人听说了这件事后，都议论纷纷，用一句话概括："这石头不善良，有失厚道呀。"当然，也有人借此八卦，责怪那些从山里挖石头的人。

一阵微风把这件事悄悄告诉了善良的烟囱。烟囱听后，就在心里嘿嘿一乐，感觉受到一种奖赏似的。每天早晨，它默默地看着主人到林中劳作，捡拾和挖掘，有时坐在树墩子上记录什么。黄昏，主人顶着一头月光的碎屑回家，洗一把手，弯下身在灶间烧火做饭，炊烟很及时地被输送给烟囱，烟草的气息在屋顶上空弥漫，然后又被丢给风，乳白色的烟子飘向河流那边的森林。

作为这幢林间房子的主人，我早就听说石头的碎裂之声比落雪还静。可惜没有在现场看到热闹，没有目击的感受，因此也就没办法将石头与烟囱做一番比较。

据说烟囱体内积蓄的能量比一头公牛的力气更大，难怪它有时会在风中发出一阵谁也听不懂的吼声："呜呜呜——呜呜呜——"那一刻，整个森林都被一根烟囱吹响。

此时，恰好有一列绿皮火车从森林中呼啸而过。火车把森林刮风和下雪的消息带向了南方——这个时节，南方的春天已经来临了，到处都是嗡嗡飞舞的蜜蜂。

结果，火车带来的消息被一群路过油菜花地的燕子听到了，这群燕子便从千里之外飞来，在烟囱旁边筑了一个泥巢。

燕子要和这根善良的烟囱做伴，安慰它的孤寂。

劈柴的声音

白山脚下有座院子，它是个醒目而又幽寂的存在。

在外人看来，它有几分神秘、几分淡定，但又似乎可有可无——不管世界运行到了哪个时段，天上的云有自己的事情，地上的草也有自己的事情；山林里生灵的事情更多，它们在丛林中各自忙碌，昼夜不停。

而白山一带的人们，最重视的当然是眼前的生活，劳动构成了每天的主要内容：一年四季，打鱼人在深夜修补渔网，或加工制作鱼干；采山货的人起早贪黑地在森林里转悠，他们关心集市的行情；种植草药和花木的人，则守着苗圃度过日月，他们害怕下冰雹；剩下的一些老人，仍然是侍弄几亩荒地——春天种上土豆，秋天收获，到了冬天，把大白菜搬运到地窖里。

当然，围绕着白山过活的，还有一些游手好闲、好吃懒做的人。这些人在屯子里名声不怎么好，但若细加追究，也说不出有什么要害的劣迹，无非是爱占点小便宜，年轻时偷了谁家的一只鸡，或向谁家借了一袋米没有归还。

山林连接河流，屋舍连接土地，大地连接天空，日光与星光交互照耀人间——这些物象元素，构成了白山一带的生态链。

在白山，砍柴的旺季主要为入冬前和立春后。前者是为了应对严寒用柴取暖，后者却是为了炖煮美食，吃饱了好有力气在春雨中种植和耕播，把葵花籽和土豆芽埋进土里。

我曾乘坐一辆轻便拖拉机到山里拉柴，印象中走了好远的路才来到一片林中空地。我躲在一件军大衣里，一路上被冻得牙齿咯咯打战，下车时腿发软，好容易站稳了脚跟，抬眼看见数十只乌鸦绕树乱飞。说是拉柴，其实是捡拾冬天被暴风雪刮断的松树枝。在当地人眼里，松枝属于上等柴火，燃起的都是硬火——用硬火烀的肉香极了，而且松枝本身就散发一地的香味，这种火远胜于炭火，在灶膛里可以燃烧一个晚上。

下等柴是一些玉米芯、荞麦秸、豆秸、灌木杂草之类的植物秸秆，燃起的都是软火，懒洋洋的，没有力量，续柴稍不及时火焰就会自动熄灭。而且要命的是，软火还爱冒烟，呛得人眼睛流泪，一顿饭做下来，好像大哭了一场似的，眼睛又红又肿。

当然，最好的柴火还是劈柴。那种老林子里的疙瘩木，劈好了整齐地码成柴垛，很壮观地码在院子里，可以烧一两年甚至更长的时间——这种柴火被谓为"陈柴"，除非万不得已，人们舍不得把它们轻易填入灶膛。

时间久了，它成了白山脚下的一道风景线："笃——笃——笃——"
一年四季，从早晨到黄昏，劈柴的声音自山脚下响起，波及整条山脉，惊飞那些在林中栖息的鸟。

话说那次上山拉柴，大部分活让同行的老把头做了。而我仅仅干了一点点活，就累得腰酸疼，整个过程都在观察地貌，数了几个老树墩子上的年轮。我扒开积雪，找到一簇簇埋在雪地里的金色花蕊，当地人管它叫冰凌花。

上山拉柴，一次小小的劳作，却让我对人世间的事豁然有悟——那些看上去简单的事情，一旦动手体验却会让人感觉吃力。深夜静思，我重新梳理了一些早已板结的观念，发现人类是多么肤浅呵，肤浅到极易盲目自信或夜郎自大。

我从木柴里认识到许多东西：岁月、死亡、生命和火的燃烧。

那天早晨醒来，我从山脚下的院子经过，一阵悠扬的琴声吸引我驻足。透过院门，我被一个画面惊呆：院子的门大开着，一位身着青布长衫的琴师在认真地弹奏。从琴师的指间，流出了冰雪融化的声音。

而在院子门口，一个樵夫模样的汉子，神情淡定，正在从容地劈柴，他挥动斧头的弧度与从山坡投射而来的晨光融为一体。随着劈柴声雨点般密集地响起，一股松香的气味覆盖了周围的一切。

狼　吼　月

白山的冬天冷得伸不出手，猎人们在半山腰攀爬时憋不住尿，只好尴尬地把一泡尿解到裤子里。一股热流顺腿而下，猎人感觉到瞬间的快意，但十几秒钟后报应就来了——被尿湿的棉裤变成了洋铁桶，紧紧地箍住下半身，这让猎人成了吊在半山的蛹，动弹不得，等力气耗尽，实在撑不住，一不小心就会从山腰上掉下来。从山上落下块石头会激起响亮的回声，但人落下时没有。许多人搭上了命，有的则落下残疾，到老了一瘸一拐地在屯子里转悠，或提着马扎子到磨坊前晒太阳，目光迷茫地盯着远山发呆。

人老了会更加惯于沉默，很少向人们讲述过往，懒得讲只是一种说法，主要原因是没有听众，或者不怎么会讲，剪不断理还乱。偶尔唠起嗑来，也只是从记忆中打捞出一些碎片，磕磕巴巴地串不成一个故事，听者往往一脸茫然。事后猜想，这是因其长期独处、无人对话而成为"失语症"患者——他们年轻时在山林里一待就是大半年，除了风声，就是树枝与树枝的摩擦碰撞声，以及露珠般透明的鸟叫声——仔细琢磨一下，便觉得他们这一生，多半的时光用来和野兽交手，有的人终身未娶妻，晚年没有后嗣，过得好寂寥。

在东莱屯，我见过几位这样的老猎手，他们略显忧戚的脸上皱纹密布，丝毫看不出其在年轻时曾经声名显赫，奇遇多多，甚至战果非凡。

曾几何时，他们被屯子里的人视为英雄，身边围绕着各种传说，每次下山，在屯子里住一阵儿，除了备足上山的口粮，还会搜罗几麻袋艳羡的目光。一般来讲，猎人在屯子里，至多住上半个月就按捺不住了，不是不想久住，而是他们总感觉到有一股神秘的力量在催促，眼前出现各种幻觉，体内血液涌动。我从好几个人嘴里得知，他们几乎都做过一个相同的梦，然后半夜大叫一声，从梦中惊醒——他们梦见一匹狼撕咬自己的胳膊，鲜血淋漓；坐起身来，瞅一眼发白的窗户外，看到那匹狼叼着一只胳膊逃走了；定睛看时，幻觉消失，画面渐呈清晰：雪正在窗外沙沙地降落，风摇动着白桦树梢，一根烟囱被严寒冻裂，露出一块熏黑的残瓦。

在这个世界上，猎人与狼的关系微妙而复杂，猎人时刻关注狼群的动向，仿佛天文学家在夜间关注某一颗星的变化。一方面，他们对狼又爱又恨，视它们为猎物，从它们的身上讨饭吃，希望更多的狼死于自己的枪口之下；另一方面，他们又隐隐地希望狼族不要从大地上彻底消失，代代繁衍。这样一来，对手的存在会让狩猎成为一种古老的职业。

而在平时，他们的脑海里几乎被一群狼的影子占满，或者被野狐、山狸占满，我不禁怀疑他们体内的人性元素被抽走了一部分。在东菜屯，我见到一位失去了左臂的老猎手，他流传于乡间的传说是，他的左臂被棕熊衔走，而他坚持打完了枪膛里的最后一发子弹。

还有个老家伙向我讲述狼吼月的过程，听得人惊心动魄。狼吼月一般在秋天，这时节暑热消退，整个白山气温变冷，空气稀薄，视野开阔，山谷里的月亮何其孤独！霜露浓重，乌鸦飞翔，狼却迟迟不肯露脸。而狼群到了繁衍期，需要一次种群层面的休整，它们除旧布新，凝聚狼心，抱团取暖，应对即将到来的冬天。黄昏时分，头狼率先登上山顶，发号施令："嗷嗷——嗷——"它要用长长的啸叫把月亮吼出来，让潜伏于各处的野狼在月光下集合。仿佛在祈求上天的护佑，一声声啸叫，如泣如诉，声调里充满了绝望与悲戚。但头狼会义无反顾地吼下去，直到吼成摄影师镜头下那些经典的照片。

老猎人说，对于狼族而言，一年一度的狼吼月堪称一次隆重的盛典——头狼为了完成这一重大使命，会把声带吼破，血丝顺风吹远，整个空气中弥漫着一股血腥气息。更有甚者，耗尽了力气，在惨白的月光下气绝而亡。吼月之夜，一批体弱多病的老狼在惨白的月光下死去——它们将死亡看成一次出征的演练。

蛐蛐在草丛中鸣叫。一轮月亮正从容不迫地上升，饱满欲滴。

松 油 灯

　　大风呼啸着吹响森林，这时候烟囱像一个灼人的秘密，吸盘一样牢牢地抓着林子里一个孩子的思绪。有许多个白天，他围着房屋观察，百思不解：它孤零零地伫立在屋顶上，只在妈妈做饭时冒出一团团炊烟，为啥哩？这简直没有道理。不信你看吧，一大早，辛劳的烟囱就冒出一股笔直的烟，又被风吹散，袅袅地飘向河对岸。天地间响着各种混杂的声音，像无数野兽的哀鸣，让人听了心惊胆战，以为很快会有大事情发生，比如远山崩裂，积雪粉碎，沉默百年的火山口喷出火一样的岩浆。

　　当然，这担心多余了。在冬天，这不过是森林生活的日常状态，如果天晴，太阳会把雪地照得亮亮的，到处都很好看，让人从内到外感觉踏实——雪地上散发着腐叶的气味，让人闻了头晕，陷入短暂的麻醉与恍惚。

　　他的耳畔响起妈妈说过的一句话："在这方圆几百里的大森林里，若想知道有没有人讨生活，看看那幢房子的烟囱有没有冒烟就知道了。"

　　既然烟囱如此重要，它理应有一个复杂的来历。每天晚上睡觉前，他会围绕着烟囱展开无限的遐想——这幽深的烟囱里，是不是也住着一家人呢？他们专门负责清扫烟囱内的垃圾和烟灰，要不然烟囱早被堵得死死的了。妈妈每天要做三顿饭，烧那么多的柴火，全靠住在烟囱里的人疏通清理。他还设想了一个温馨的画面：烟囱里先是住着一个白胡子老人，他很寂寞，每天默默地打扫炉灰，后来，来了一个陪伴他的男孩；他是老人的孙子，活泼可爱，乖乖地帮着爷爷做活。自从他来了，老人终于安心了。住在烟囱里的人来自遥远的天际，来自一个冰天雪地的国度，那里的人没有烦恼，整天只知道围着篝火唱歌跳舞，举行着庄严的祭祀，遇到祭祀和节日的时候，他们便会一溜烟地消失，回到自己的国度。

诡秘的遐想在他脑海里存在了一年多的时间，这成了一个压迫在他心头的秘密。要命的是，他甚至怀疑妈妈也知道烟囱里住着两个人的秘密，只是心照不宣，相互都不说破罢了。因为在春节前发生了一件事，让他产生了狐疑。

那一天，场部派人送来了春联和红灯笼。妈妈和那人有说有笑，她在灶间打面糊，把春联贴到门框上。那个人踩着木树墩，帮妈妈把一盏灯笼挂在了屋门前。按理说门前应该挂两盏红灯笼的，森林人讲究"好事成双"嘛！但奇怪的是，妈妈对那人低声说了几句话后，从仓房里取了木梯子，让那人帮着把另一盏红灯笼挂到了烟囱上。

他见状，心扑通扑通地加快了跳速。他想，要过节了，这是妈妈向烟囱里的白胡子老人表示谢意吧？烟囱里黑灯瞎火的，这下终于有点亮光了。他高兴地向妈妈挤挤眼，妈妈冲他笑了笑。一个念头突然间从他脑海里冒出来，他想说："妈妈，烟囱里的爷爷……"

话到嘴边，又吞咽回去了，他想和妈妈之间保守这个秘密。

森林里天气多变，时阴时晴。这时候的妈妈，已经有了多年的森林生活经验，她的防护意识很强，每天做活时要打开收音机，随时接收外部的信息，主要是天气的变化。她似乎把所有的细节都盘算到了，一样也不落下，稍有闪失就会有后果显现。

他想了想，觉得妈妈做得最细致的地方，要数在一个个刮风下雪的晚上。

　　妈妈知道晚上可能要下雪，做的准备事项就会比平时多。天傍黑时，她会从门外多取一些劈柴，把大炕烧得滚烫，封上火门，保持温度的稳定。然后，舀上一碗凉水，将其置于炕头，这样可以让室内保持一定的湿度，孩子们第二天不会上火、喉咙疼痒。一觉醒来，用手试试水温，可以大致了解气温与人体所需温差，再作调节。睡觉前，妈妈会检查一遍小屋内外的安全隐患，看看窗户上的木板条是否被风拆散，从茅厕把尿壶提进屋，摆放在火炕下。还要到干草垛里捋一抱干草，放到牛栏里，当作牛一晚的饲料。天色渐黑，妈妈还要提着马灯，踩着积雪走一段路，到五十米开外的小仓房去做一件好事儿——给雪天前来避难的野物放上一些吃食：糙米饭、野猪骨头之类，再放上一碗苞米楂子粥。

　　做完了这一切，天已经黑透了，妈妈用一根松木杠子把木门顶住，门外是厚厚的毛毡子。

　　最值得称道的工序，是点松油灯。点松油灯前，要把地面清扫干净，白天里布下的灰尘被集中到锅台前，留下干净温暖的地面，用手摸一摸是带有余温的。妈妈常说，日子对每个人都一样，全靠打理、收拾，要不然区别就太大了。比如，她把屋里收拾得干干净净，是洁净温热的；而别人家的地面是凌乱不堪的，屋子里的味道是污秽的，像过期的腌酸菜和馊了的干粮。

　　"我的小树叶儿，睡吧。啧——"

　　"嗯，妈妈也睡。"

　　"妈妈还要等一会儿。"

　　他在迷蒙中听见妈妈打扫卫生的声音，她走路时与地面摩擦发出的声音，有时是一阵细碎的水声，接着是一阵淡淡的水雾气弥漫开来——那是她在洗脸，手指轻轻地搓揉面部，或用热水清洗身子。一缕橘黄色的光线始终跟随着她。

　　入睡前的最后一项，是妈妈的一个亲吻，扑面而来的是一股雪花膏的香味，轻轻的，甜甜的，笑意绵绵的。妈妈从鼻腔里呼出一丝柴火的气息，透着醉人的芬芳。妈妈离开后，他忍不住挠了挠额头，因为刚才妈妈垂落的刘海把他弄得有些痒，妈妈刚洗过的头发还没干透，混合着松香洗发露的气味。

　　妈妈起身取下墙壁上的松油灯，划亮火柴，把灯点亮，再小心地将其放回墙壁上的凹槽。松油续得满满的，因为要保持那盏灯不熄不灭，一直燃到天明。妈妈说，风雪天本来就怪吓人的，再没点亮光，人容易做噩梦，路过的小鬼也会从门缝里溜进来。多年来，在下雪的夜晚点一盏长明灯壮胆——这是妈妈应对极寒天气时的精神法宝，屡试不爽。点上松油灯，微微的火苗顺着墙壁向上升，把墙壁和屋顶熏黑，燃烧的松油发出哔剥的声音，很好闻。

　　窗户外，雪已经沙沙地下欢了，他有蒙头睡觉的习惯，感觉这样做梦不受打扰，可以把一个美美的梦做到底，让他无所顾忌地进入一个幽深莫测的世界。无奈，半夜里，他被一泡尿憋醒了，他眯着眼睛从被窝里钻出头，万籁俱寂，屋内一片鼾息声，只有一缕微黄的光线洒在他的脸上。

接 生 婆

雪下得很欢，马灯罩蒙上了一层雾气，屋外的干草垛变成了一朵大白蘑菇，牛栏里的母牛正在给小牛哺乳，咂咂的吮吸声响彻森林。树梢在风雪中颤抖着，像是有千万张嘴巴在唱歌。如果仔细倾听，森林里除了牛嚼草料的声音，还有松鼠在雪枝下爬动的声音，野獾和山狸们在雪地上觅食的声音。只是在当时，这些声音他听不到，也听不懂，只知道吮吸自己的一根手指头。奇特的是，他一出生就睁开了双眼，黑亮黑亮的，形状像两片桉树叶。外婆说："这孩子，眼睛长得像树叶，就给他取名叫树叶吧。"可是啊，当树叶长到五六岁时，名字就被人习惯性地叫成了树叶眼。

屋里热气蒸腾，外婆洗干净了手，洗净了剪刀上的血痕。她想盘腿坐到热炕上去，抽一袋旱烟，歇息一下。

妈妈虚脱地躺在炕上，额头上包一块白毛巾，炕沿上放着一碗冒着热气的红糖水——妈妈倚着枕头，笑眯眯的，那时候的妈妈才二十多岁，长得真俊哩。

三天前，外婆从野鹰岭对面的屯子里赶来，给妈妈接生——这是外婆第二次给妈妈接生了。白山时兴早婚，妈妈出嫁时才十八岁多一点。一台花轿子把她从野鹰岭抬进了无边的大森林，自此成了猎户长的女人。刚来森林那阵子，妈妈每天被新鲜的生活刺激得无比兴奋，较之野鹰岭下的故乡野鹰屯，森林里什么都有：人参、木耳、黑蘑菇、野猪、野鹿茸、野狍子、野兔子、椴树蜜、林下鸡、林蛙……还有妈妈爱吃的蓝莓和冻梨。但兴奋期一过，剩下的是漫长的寂寥——林海茫茫，山风阵阵，一轮孤月悬挂在远山尖顶上。望着苍茫的雪峰，妈妈就开始想念野鹰岭，那里有养育了她的亲人，有许多童年伙伴。当然，思念重的时候，她就打点行装，回野鹰岭住上两天。

妈妈很快怀孕。生产时，脐带缠着女婴的脖子好几圈，女婴没活下来。妈妈说，那时她啥也不懂，整个生产过程太痛苦了，折腾了一天一夜。不料，在外婆剪脐带时，她才惊讶地发现妈妈的肚子里还有个小东西在蠕动，外婆惊叫一声，知晓女儿原来怀的是双胞胎，只是两个小东西严重营养不良，像两只小毛毛虫，生下来已经奄奄一息，很快就在火炉旁断了呼吸。妈妈不忍心看上一眼，失神的眼窝渗出两滴大大的泪水。

怀上树叶眼后，妈妈接受了教训，拜遍了山林里的各路大仙，还按照当地流传的老方子，到林中采了几种草药，支起炉灶，煎药保胎，十个月都没怎么干重活。河对岸开垦的那块田很快荒芜了，秋天种上的土豆无人打理，荒到入冬，白霜打蔫了土豆秧子。眼看到了年根儿，妈妈只好捎信给野鹰岭，让舅舅小山根过来帮忙，把一亩土豆收了，用马车拉回河畔。土豆是全家人一冬天的蔬菜，土豆吃光了，再吃腌辣白菜、胡萝卜、蕨菜。

让妈妈欣慰的是，她没白忙活，树叶眼果然是顺产，没让她太遭罪。树叶眼一落地，也没像别的孩子那样号哭不止，而是静静地谛听人世间的动静。一股冷气顺着门缝溜进来，他抓挠着粉红的小手，打了个喷嚏，把全家人都逗乐了。

在森林里，一旦遇到下雪天，便很难请到镇上的接生婆了。她们从春天忙活到秋天，早早地挣够了过年需要的钱，一到十月便"猫冬"了，任你翻遍全镇的地窖也找不到，连老天爷都不知道她们藏在了哪里。人们猜测，她们是躲到了一处仙洞，那里的食物应有尽有，洞外有码成垛的劈柴，一个冬天也烧不完。她们每天守着旺旺的火炉，在火炕上嘬一根烟袋杆，洞里始终弥漫着一股炖野鹿肉的香气。一直到来年开春，她们就打个哈欠，伸个长长的懒腰，三三两两地出动。不过，也有一些馋嘴的神婆子熬不过冬天，悄悄死在了隐居地，人们发现她们时，尸体已经冰凉了，她们死前还在享受食物，嘴里含着半块熟鹿肉没有咽下去。

　　树叶眼从妈妈嘴里断断续续地知道，自己的外婆也是一个白山脚下路人皆知的接生婆。他听了微微一愣，心里泛起一丝酸楚的涟漪，增添了一种莫名的负重感，心想：外婆多好哇，她怎么会是接生婆呢。在当时，接生并不是个光彩的职业，受颇多非议，但全镇十几个屯子，在缺医少药的荒山野岭，谁家能离开接生婆呢？有哪个孩子不是接生婆亲手剪断了与母亲连接的脐带？树叶眼在郁闷了一阵子后，终于听说外婆不像那些贪心狡诈的巫婆一样靠接生赚昧心钱，还因此在十里八屯落下个好名声，受人尊敬。树叶眼那咚咚跳的小心脏，才算稍稍安静下来。

　　外婆在他心目中，比寒夜的灯光还要温暖。她是天上一轮完美的月亮。

雨落木桶

天蒙蒙亮，我们一行五人，尾随老把头，去白山深处采野。我们穿越一片森林，顺崖而下，见一汪水，老把头打了一声呼哨，顷刻间从芦苇丛中驶出一艘木船，似桦木舟。众人上船，沿松花江一路向东，又转向北行，天上飞着一只鹞鹰。船像箭头，击出一片浪花，像开了一朵白荷。

我伫立船头，一时心情大爽。凉风习习，鸟叫声入耳，沿岸都是葱茏葳蕤的灌木，悬崖峭壁，怪石嶙峋，芬芳扑鼻；此时江面平滑如镜，白云倒影清晰，远村却嘈杂有声，老牛哞叫，仿佛真的进入"两岸猿声啼不住，轻舟已过万重山"的仙境。

船行约莫一个钟头，山顶飘来一朵乌云，日光消隐，天色骤暗。众人浑然不觉，依然在甲板上说笑，木几前放一碟五香花生，五瓶青岛啤酒，多半已空。船拐过一个滩头，阵雨降落，雨点如豆，砰砰地击打帆篷，我慌忙收拾行头，躲进船舱。紧接着，众人鱼贯而入，在舱内躲雨。忽然，我发现独独不见老把头进舱——难道这老家伙不怕雨淋吗？我便哧溜一下钻出船舱，欲观其详。我朝雨雾中的船头嚷叫："老把头，老把头！"定睛一看，却见老把头正独自撅着精瘦的屁股，从江中汲一桶水，吃力地提上甲板，将满满一桶水置于船尾。

老把头说："我们都去船舱里了，把这一桶水放到船尾，避免船体失重打漂。嗯！"

　　说着，老把头抹一把脸上的雨水，钻进了船舱。

　　我却待在舱外没动，心里一直反复回味着老把头刚刚说过的话，目光微湿。恰巧一阵狂雨袭来，船体摇晃不止，将老把头放的水桶险些打翻，有一部分水鲤鱼般从桶内跃出，水桶却终又稳稳立定，泼洒出的部分瞬间被阵雨续满。

　　事后得知，那个木水桶为老把头所专用。每次从山上采野归来，他都从江中汲一桶水，在月光下赤裸全身，将满满一桶水兜头浇下，然后失口大叫："这山林里放浪的日子，好不畅快哪，好不畅快！"

桑叶镇的慈悲

·

登上码头，我们来到桑叶镇。老把头赤脚带路，去寻一家活鱼馆。

由于刚刚下过一场雨，整个桑叶镇的树木被雨水清洗得很干净，阳光在街道上如水一样流淌，一缕紫光升腾在半空，伸手可以捉及。我在瞬间产生了一种欲望：若是将一撮阳光捉到篮子里，岂不妙哉？

沿街往深处走，但见一排低矮的砖房，家家屋顶上，烟囱边立一根高耸的电视天线；砖墙一角，立一辆散架的马车，车辘辘与车身早已剥离。朝里走，则是树林中的一处深塘，塘里野荷茂盛，张开圆形的大叶子，鸭子们呱呱捕鱼的声音泛上池沿。

这情景让我穿越回20世纪80年代末，正值年少的我，与桑叶镇的缘分拉开了序幕，当年情景至今历历在目。那一年夏天，我去桑叶镇给生病的父亲买一种祛痛的膏药，镇上有一位文友出面招待。事情办妥后，文友约我体验久违的乡间生活，在他们家承包的几亩水塘里采藕。我无意间捞出一捆沤了很久的蒗麻，上面沾着新鲜的淤泥，散发着植物腐烂的气息。

入夜，和文友一家人在昏暗的光线下剥麻，身边不时响起一阵小动物的窸窣声。我管文友的父亲叫山伯，遂问："山伯，还养着什么小动物吗？"山伯解释说："是家里的老鼠刚刚产下一窝幼崽。"邻居送来了毒鼠强，他不忍下手，觉得一窝小生灵刚刚降临世间即遭毒杀，会遭造物主的责罚。山伯说，在乡间有一种祖上传下来的规矩，无论任何生物一旦出生成形，就是神灵的安排，即便是老鼠这样的祸害，也要等它长大些再灭除掉。记得，我当时听了表示不解，觉得人类伪善，既然最终要挨刀，不如给个痛快，大可不必"养肥了再宰"。事过经年，我终于找到一种合理的解释——老鼠长大的过程，意味着此种生物品尝了世间的滋味。言外之意，只要见过世面，死也值了。

三年后，我又有一次来到桑叶镇采访的机会。此时文友已经南下广东打工，我便向镇上人打听山伯的现状，人说山伯坟头的青草已有一人高了——他是在半山腰采药时发病死的，大约是突发心梗，人从山腰上滚落下来。奇怪的是，山坡上的一株桑树接住了他，让他保留了完整的容貌。乡人从石崖上把他解下，请来了镇上的唢呐师，吹吹打打，办了一个体面的葬礼。

每年的桑叶镇，都有几起采野人跌落山崖、命丧黄泉的事故。将他们打捞上来，或缺胳膊断腿，或血肉模糊，几乎没有一具全尸。

"而他面容安详。"那人说，"这是修来的福报哩！"

自那以后，桑叶镇在我脑海里，像桑树上结了一块疤，渐成遗忘。

万没料到今天，我又来到了桑叶镇，只是世事大变了！我不禁感慨。中午，大家说说笑笑，喝着从船上搬下的散装老烧，吃的是当地有名的野生活鱼，猜拳行令。

我望着如黛的远山发愣，愁眉不展，陷入遐思。没有人知道，我心里的阴影面积，正一圈圈扩散。

日记：采野之书

　　夏天来临以后，我跟随采野小组走在山林中，随时会遇到一些稀奇古怪的事物，突然而至的暴雨和冰雹自不必说了，拦路求食的动物也相当平常，这类小事会很快归于日常的遗忘。但有一桩小事涉嫌"迷信"或"灵异"，至今难忘，需要记下。一天正午，我们一行人正在一处宽阔的河岸上行走，肩上背着行头和当天采到的山货，每个人都有些疲惫了。为缓解气氛，老把头鼓起腮，在无名指的配合下打了一个响亮的呼哨。声音落地，刹那间天色暗下来，平地里无端地就刮起了一股旋风，一根黑黑的大圆柱子立在大家面前。老把头见状，大惊失色，慌忙跪地磕头，掌掴嘴巴，说是自己轻浮，无意间冲撞了神灵。黑旋风仍在呜呜盘旋，割草如刀，碎叶与杂草飞得满天都是。老把头额头的汗珠如豆瓣啪啪滚落，他叩头如捣蒜，请求神灵宽宥，口中自是念念有词，诉说一路采野和人生之不易。此时，令人吃惊的一幕发生了，只见旋风柱像一个陀螺，转速渐小，直至消失，末了，留下几枚铜钱古币。众人上前点数，恰好五枚，与我们一行人数相符。

　　整个过程，我呆立一旁，欲打开手机完整录制下来，手机却诡异地不予配合。无奈之下，只好拍下几张光线模糊的照片，权作记忆提示。

　　一路上，我们还遇到过诸如孤狼拜月、野狐娶亲之类的神秘物事，传说中的画面被一一印证。我还看到过一只雏鹰跌落悬崖，被一只牧羊犬救助的感人场面。于是，大家边行边悟，相信了万物有灵，世间生长的事物，皆为自然造化，恰如老子在《道德经》中所述，宇宙间的一切存在，皆在一条无形的大道上运行。"天似穹庐，笼盖四野。"看似混沌无序，实则乾坤清朗，条理分明，不可逾矩。这并非封建文化糟粕，而是人心里应有的虔敬。

走山采野的过程，也是采撷人生智慧、升华境界的过程。

自那以后，我们白天采野，便不再惊扰山野的乡亲，累了随便找一间废弃的荒屋支起泥灶，烧火煮饭，饭后到野溪河里洗个澡，然后就地而卧，沉沉入眠，正可谓夜夜听闻大地的演奏，风声雨声，月光在松林里晃动。

不知不觉间，就这样天当被地作床地度过了一个夏天。

深夜猫叫

正月过后，最可怕的事情要数远行的人被羁绊缠住脚，陷在温柔乡里无力自拔。他们贪恋慵懒的时光，不肯出门去山中劳作，或到远方的城里打工。常言道："地一撂就荒了，人一贪图享乐，就会变得懒惰成性，甚至连每天起床都成问题。"

他们的腿脚沦陷在年节的气氛里，依旧呼朋唤友，喝得烂醉如泥，每天从酒宴上归来，倒在家门外的栅栏旁边呼呼大睡。如果不是女人听到狗叫声，倒在残雪窝里长睡的醉汉，非落下病根不可。

在那一刻，撒欢的猫看不见，觅食的鸡鸭也看不见，它们纷纷从倒地的男人身边走过去。这时候狗来了，它在男人身边嗅嗅，汪汪地叫两声，女主人就出门来，一边责骂一边把男人弄回到火炕上。

其实，这样的情形从腊月就开始了——一进腊月门，家家户户忙着置办年货，杀笨猪、灌血肠、炸绿豆丸子、做糯米粘豆包……从积雪的山野到萧索的屯子，很少看到行人，只是从烟囱里冒出的炊烟，要比平时多出一倍。炊烟飘处，是灶膛下点燃的柴火和火苗映照的少妇的脸庞。

但几天之后，炊烟里有了酒的气息，这是外出劳作或打工的男人回来了。男人们像一台强力收割机，很快将地窖里的东西一扫而光：糙米、腊肉、土豆、胡萝卜和大白菜。当男人们风卷残云般将储存的食物收割完毕，就相约屯子里一起长大的伙伴去山林里采野，或者在保护区外套几只野兔下酒。

从腊月到正月，除了在屋门前制造一堆空酒瓶，男人们都干了什么呢？恰如一位诗人所写：

"走，到杀牛场，去喝牛肉汤……"

而这，恰恰构成了黑土地上最具特色的年节风情画——从积雪皑皑的老爷岭到泥泞的果园外的乡路，甚至连同那些被废弃经年的麦场上荒凉的旧屋舍，都会传来阵阵碰杯的声音，空气中游荡着一丝醉醺醺的气息。

说实话，我对乌乡的酒风极不适应，并且有许多次从酒桌上起身离席——我宁肯回到客栈独处，也不想见到一群人的酒酣耳热。但渐渐地，我的心境开始变得小心翼翼、共情和包容起来。我知道，一旦过了正月，就会有第一个男人离开乌乡的村屯，人人逃不掉养家糊口的责任和使命。他们从事的劳作艰辛而枯燥：在山林里挖参，在悬崖上采药，或者在城市的某一处建筑工地上，将一袋袋水泥扛到肩膀上……

在他们走后，整个乌乡陷入一片静寂——深夜墙角的一声猫叫，就能让女人从睡梦中惊醒，黯然神伤地呆坐炕头，直到窗外渐渐发白。无意间瞄一眼窗户上的大红喜字，还是那么鲜亮、耀眼，而那栅门外的一泓春水，正绕过一个个干草垛潺潺流淌，滋润泥土……她叹息一声，吹灭了锅台上的烛火，一股焦煳的蜡棉芯气味迅速扩散。

乌力的茅屋

在森林里，最香的食物莫过于炖一锅野猪头肉——整整一个晚上，乌力在土灶前收拾冻了半个月的野猪头，拿火钳把猪耳朵上的毛烧干净，弄得满屋子都是过年的气味，灯光把墙壁布置成橘黄色。

昨天夜里，山里刚刚下过一场雪，把茅屋的窗户都糊严实了，窗台上落满了积雪，这样的情形我只在少年时见到过。早起一看，屋前的河流冻得梆梆硬，冰面远远地在树杈间闪着白光，树干被一只啄木鸟敲得当当响。

我沿着河岸转悠了一圈，看到远山迷蒙，树枝上的鸟窝都落满白色的雪末。

我选择这个时节来长白，并非刻意为之，而是一种巧合。每年开春，我都会制订许多计划，但实施起来却变了样，多半落空，眼瞅着一年就这么不咸不淡地过去了。而有些行程，却是说走就走。这一次，仅仅因为乌力的一个电话，他说："哥，来山里吃炖野猪肉吧……可香哪！我给你留着的，挂在仓房里，再不吃就变成老腊肉了。"我二话没说，当即应允。答应乌力后，我突然想起一个问题，就又把手机拨了回去，问道："野猪是受保护的动物吗？如果是，我们还是不吃得好。"乌力在那头解释说："哥，放心吧。我们要吃的野猪是屯子里人工饲养的杂交猪，不是从林子里套的那种。"

"哦，那好。"

我曾经听过乌力讲少年时代他和屯里的大人们一起套野猪的故事，那样的光景已经远去，不再重现。

乌力住在山脚下的一幢小茅屋里，与屯子保持着适当的距离，地势也偏高，显得有些孤单。这个屯子吸引我的理由，简单到好笑，比如为了听一晚风声，看一眼半夜时分的月亮，听几声远处的狗叫。乌力没有成家，但也极爱干净，知道我来，他早早地把屋舍打扫了一遍，把土炕烧热，从木柜子里取出一床新棉被。如果天晴，他会把棉被拿到外面晒晒，被子散发出阳光的香味。人脱了衣服探入被窝的刹那，感受到瞬间的迷醉，眼前恍惚。

有时候，人的感觉十分诡异，比如我每年都要来乌力家住一阵子，仅仅是因为这一点小眩晕吗？当然也不全是，还有乌力质朴纯真的目光呢，这般清澈的目光在成年人中难见。但细一揣摩，我还是最着迷于那一丝丝短暂恍惚的感觉——屋子里光线幽暗，木柜上摆放着盛酒的器皿，以及书橱和口琴，这些几乎是乌力的全部家当。

说来有趣，那年夏天，我来白山考察，和乌力认识是在半山腰上。由于我的腿关节刚刚做了一个小手术，还没有完全恢复，上山时没有感觉吃力，但下山时却出了麻烦。先是腿抽筋，接着膝盖疼起来，眼看着天要下一场雨，我又没有带雨伞，站在半山腰上不知所措，陷入尴尬。我打量四周，竟然没有一个人影，白嘴鸦在树枝上得意地鸣叫。这时候，乌力出现了，奇怪——此前我一点也没发觉身边有人，他好像藏好了似的，总之，乌力的出现是一起及时而又神秘的事件，让我在此后与这个小屯子结下奇缘。那一天，乌力连拉带拖地把我弄下山。到了山脚下，他气都没喘一口，不由分说，像背起一个背包那样，把我挎到了肩上，一溜小跑地将我背到了他的家中，让我躺在了他那散发着稻草气味的土炕上。印象最深的是，在乌力开门的瞬间，有一阵薄薄的雾气迎面扑来，我的鼻子吸进了一缕陈旧的气息。事后我猜测，那是土灶里草木灰的气息。

乌力帮我解了困，我就认了这个山林里的兄弟。

我每次来山里，都会带上两瓶酱香酒——东北人习惯喝老烧，我喝老烧胃有点吃不消。此外，我还会带些过冬的棉衣棉被之类的给乌力。

从市区到屯子，有近二百公里路，不远不近。但在前往屯子的途中遭遇雪雾，我小心翼翼地驾驶一辆从集市上淘来的二手车，结果因为要接一个电话，刹车急了点，车轮飞速打滑，直接冲出了公路，一头栽进了路边的土沟里。折腾半天，我只好打110求助，来了两个巡警，他们经验丰富，车上携带着专业工具，很快把车子拖拽了出来。车子的前脸保险杠已经损毁。幸好它是一辆即将报废、临时淘来的破车，我也没有感觉心疼。重新发动车子继续赶路，开了大约二十分钟，油表报警，亮起了小黄灯，我急忙用手机搜索加油站，周围是莽莽丛林，静得没有一声鸟叫。有经验的旅人都知道，林区的加油站相距遥远，我紧张得满头是汗，转悠了大半天，才绕到一个镇上加了油，让一颗悬着的心放下来。否则，车子在这么个鬼地方抛锚，前不着村后不着店，半夜非冻死不可。

好在天黑之前，我终于赶到了乌力的家。在山脚下，他提着一盏巡山灯迎接我。

当晚，乌力忙前忙后，终于把整个猪头收拾完毕，秉烛细瞅，发现摆在灶前的猪头看上去竟然是笑眯眯的。从头到尾，他不让我插手，说野猪味大，会破坏了我的兴致和写作的想象力，以后就不想到山里来了。乌力笑笑说："哥，我怕你哪一天烦了我，再也不来了，这是真心话。"

我一边感动，一边反对他的说法，心想：我没那么重要的，你遇到了困难我也帮不上忙，认识我你并不划算。但话到嘴边，成了一阵支吾。

我闲着无事，只好静静地观察乌力干活儿：他动作麻利地刷锅，然后到屋外的木柴垛上取了几块柴梆子，很快烧开了一锅水，把收拾干净的猪头放进去，先要焯一遍水去除土腥味，再加上从山里采来的香叶，用文火慢慢煨。乌力说野猪肉瘦，身上肥肉太少，技术掌握不好烀不烂，吃起来会"柴"，尤其是老猪，如果烹艺差了，会不如土猪好吃。我问乌力："我们炖的这头猪属于老猪还是嫩猪呢？"乌力认真地说："这是一头不老也不嫩的野猪。"

为了这一顿饭，细心的乌力还特意跑到镇上割了两斤土猪五花肉，说这样掺和在一起烀的肉更香更入味呢。此外，他还准备了各种山野菜，有松蛾菇、黄花菜、黑木耳等。渐渐地，夜已至深，干净的猪头终于下锅了，香气很快充盈满屋——这是山野的气味、人生的气味啊！为掌控火候，乌力几乎是趴在灶前烧柴，一根一根地往灶膛里续柴草，样子像个精湛的技师，专注的表情里聚集着快乐与庄重。微小的火苗像大海的波浪，映照着他的脸，他牙齿洁白，鼻梁挺拔，眸子明亮。

我一边在一旁观察，一边又在心里羡慕乌力——他是多么年轻！精力充沛得像只野鹿。而且，他还像传说中的林中精灵，可以随意地安排自己的生活，不缓不急地度过岁月，平静地打发流水似的时光。比较之下，我像一个饱经沧桑的老人。有那么一个瞬间，我望着兴致勃勃、满面绯红的乌力，鼻头抽动了几下，急忙起身，拉开木门，佯装要去屋外方便一下，乌力也没发觉什么异样。我来到屋外，倚着一根木桩，从眼角处狠狠地挤出一颗大大的泪水，它漫过眼眶流到嘴里，又苦又涩。

我知道乌力为我精心准备的这一顿饭，花了太多的工夫和心思。其实，我有一点变化，是乌力做梦也没有想到的，仅仅过去一年多的时间，我的食量已经锐减——遇上再好的饭，吃上一碗就饱饱的了，这是我长期伏案的结果。我想，忙活了一个晚上的乌力，若是见我只吃这么一点点饭，心里会怎么想呢？他一定茫然不解，责怪自己的手艺，而我又该如何向他解释呢？

突然，一阵莫名的沮丧涌上来，我打了个冷战，感觉自己像是灶火里一堆燃烧后的柴木灰，心生微凉。

雪封木门

夜半时分，木门被风撺得山响，天地在飞速旋转。我从梦中惊醒了，意识到这是在野地荒林，梦中都市里发生的一切瞬间化为碎片。坐起身扒开窗帘向外看，知道是暴风雪来了。眼前晃动着一团模糊的白影子，白天里乌力刚刚码好的柴垛被雪覆盖，变成了一朵大白蘑菇，远处的冰河也跟着发出一阵低吼声。

近处的森林在颤抖，无奈地承受着落雪，风仿佛要把大地连根拔起。此时，除了野狼的嚎叫，还夹杂着许多无法识别的动物的声音，让人听了心惊肉跳，觉得马上有一桩大事情发生。

我穿衣下炕，听了听乌力房间的动静，听到一阵均匀的呼噜声——这一晚，他兴致勃勃地给我讲故事，大都是他的亲身经历。对我而言，这些一手资料堪称珍贵。

屋子里暖烘烘的，雪橇犬在灶下的柴草堆里睡得很香。见一切都很正常，我的心才稍稍平静下来。这样的极寒天气，我体验过几次，每逢遭遇这样的天气，第二天会打不开木门——门被封得严严实实，窗也被封得严严实实，有时连屋顶都被雪埋住了。太阳出来后，照耀着一片白茫茫的山野，积雪高过人头，早已冻成了一面铁墙。

遇到这样的情景，我会跟着乌力铲雪，往往要花整整一个上午的时间疏通门前的积雪，然后清理出一条通往河边的小路——河流早已被积雪抹平，为了到河畔汲水，需要用铁镐头将河面砸开一个冰窟窿。但这项工作已经变得相当艰难，敲击声往往持续一天也看不到一丝冰水冒出。

为了解决饮水问题，乌力拿电锯对河面进行切割，切出几块四四方方的大雪块，将其扛到屋内的铁锅里进行融化。乌力把一锅水烧热到半开，拿笊勺取出一些，在其中加入一些紫茄棵叶，用来泡脚，缓解脚底的冻疮——折磨人的冻疮是山野送给他的"礼物"，它像个要账鬼，入冬后准时敲门，持续的骚扰贯穿整个季节。到了春天，它会以一阵奇痒的方式与他作别。为此，我曾专门从城里的老中医那里讨来药方，抓了几服中药寄给乌力，但每每都是收效甚微。

乌力打来电话，委婉地诉说苦楚。

我疑惑道："怎么会没有疗效？这可是城里有名的老中医开的方子呀！难道你的骨头是特殊材料制成的吗？"

但时隔不久，我开始为说出这句话而后悔——有研究结果表明，工业时代，由于土壤污染等原因，中草药的成分也随之改变，它们已经不再是李时珍《本草纲目》中的草药，旧时的草药药力被环境稀释破坏，有的甚至失去了原有的功效。换句话说，如若沿袭传统的药方，可能对疾病不起应有的作用，哪怕是治疗小小的冻疮。

我听后大为惊讶，急忙给乌力打电话解释。乌力听了，只是"嗯嗯"地回应着，似乎并不上心。我突然意识到，他早已把这件事忘到脑后了，这个粗心的孩子！

是啊，年复一年，他是那么忙碌。为了生计，他必须早早起床，匆匆地往嘴里扒拉两口米饭，喂饱雪橇犬"灰娃"，然后背着口袋上山林中采野：野山参、黄蘑菇、白灵芝、桦树茸、石韦草，以及木耳、蕨菜……这些来自大地的野生植物，吸引人们前赴后继地挖掘采摘，许多人为此丢了性命。

有许多次，乌力在跑山时遇到了意想不到的危险——有时差点被风吹落悬崖，有时失足落水被涧溪冲走。最危险的一次，是他在采山时小憩，在疲惫的催促下，他倒在林中睡着。忽然他被一阵怪异的响声惊醒，睁眼一看，原来有一匹老狼正远远地注视着他……

"完犊子啦！"乌力当即在心里叫了一声。

那一刻，人与狼对视良久，乌力紧张得不知如何是好，身上早已大汗淋漓，双方开始僵持。狼的一双哀眼流露凄惶，看它脱落的皮毛、瘪瘪的肚皮，乌力断定这是一匹被狼群抛弃的老狼，由于丧失了捕食能力，它已经没有力气伤害人类。

最终，乌力冷静下来，从布袋里掏出一听午餐肉罐头，拧开铁盖子，把肉取出，放到离老狼不远的地方，然后从容离开。

事过多年，乌力想起来还很后怕，说幸亏当时还没有灰娃。如果事情搁到现在，他的雪橇犬会冲上去，和狼展开一场你死我活的厮杀，那样会出现一个胜负难料的结局，而无论哪一方获胜，都非他心中所愿。

"在山林里，动物与动物之间的生存法则很残酷。它们太可怜了。"他一边说着，一边用手梳理灰娃一身油亮光滑的皮毛。"我只是不想让灰娃参与其中。"

在那个烛火跳跃的晚上，炉子里的木柴微微燃烧，老铜壶里的水煮沸了又冷却，整个茅屋弥漫着一股老白茶的味道，夹杂着从咸菜缸里散发出的辣白菜和腌雪里蕻的味道。哈，这样的气氛适合回忆——我听着乌力断断续续的讲述，时而陷入茫然，时而又心情愉快。

我们谁都没有意识到，屋外的雪已经越积越厚，玻璃窗上结出了谷穗形状的冰花。

雪橇犬灰娃

　　我在热炕上睡了一个长觉，睡到自然醒，伸了个舒服的懒腰，而乌力早已起床，牵着他养的雪橇犬到河边溜达去了。远远地，能听到乌力呵斥狗的声音："嗨！哪去？回来！"透过木窗棂，可以看见那只名叫灰娃的白花雪橇犬在雪地上撒欢。它一会儿倚着一株岳桦树蹭痒，一会儿又一溜小跑，在结冰的河面留下一串爪痕。

　　火炉把室内烧得暖融融的，窗户上树影滑动。起床后的第一件事，是把尿壶拿出去倒掉，这用黑釉老瓷器制作的物件端在手里有种异样，想这东西有几十年没用过了，而在林区冬天的山里过夜，它又神秘地派上了用场——它让我想起小时候的冬天：夜黑咕隆咚的，我被一泡尿憋醒，吸到鼻孔里的是一股煤烟味儿，顾不得睁开眼，一双脚摸索着找棉鞋，感觉触到了炕下的尿壶，把那东西朝脚边拉近，急急地洒下一阵响亮的水声；过后，有一种如释重负的放松和愉快。当然，没有瞄准目标的情形时有发生，一夜发酵，弄得满屋都是尿膜味，早晨醒来，第一件事是挨母亲的一顿斥骂……

　　此刻，我手里提着尿壶，仿佛提着一壶童年的记忆，辛酸而又有些许甜蜜。抬眼，看见满山枯枝朦胧，百里山林已经被白雪抚摸过了，通体散发古意，活脱脱一幅黄宾虹笔下的山林雪野图，它与我的故乡鲁西平原形成了强烈的反差。哦，是谁让我来到了这片风雪呼啸的山林地？

这神秘莫测的命运，这陌生而又亲切的地理。

　　我时常想，人和某个地域的缘分，恰如人和物的缘分，以及人和狗的缘分一样，既神秘又有因果联系。比如昨晚，啃着刚出锅的热气腾腾的野猪肉，乌力向我讲起了他的牧羊犬：那年夏天，他在巡山时误入一片原始森林，在一处水塘边发现一幢木屋，他踩着厚厚的腐质败叶悄悄走近，又停留脚步经过一番观察，断定这是某一部族的猎人后代留下的。数十年前，禁猎令发布后，他们大多改弦易辙，靠种植草药和养殖鱼虾为生，由于他们长期独处山林，早已习惯了自由散漫的日子，也就放弃了融入外部世界的想法，选择在森林茅屋过完一生。他们是山林中悲伤的寄居蟹，在经历数十个春夏秋冬过后，回归泥土，自然消亡。

　　乌力走进这幢被废弃的木屋，推开虚掩的木门，竟然看到破败的屋舍内还保留着主人的生活面貌：房梁上悬挂的红灯笼，土灶前的干柴草，桌子底下装有大米的瓦罐……令乌力惊讶的是，铁锅台上的一把小葱居然还没完全枯萎，剥掉一层葱皮，露出新鲜的葱白，乌力咬了一口，满嘴的猛辣味道。这说明屋主不久前还在这里生活，每晚点亮灯笼。是什么让他丢弃了自己热爱和眷恋的山林？这里究竟发生了什么？主人究竟去了哪里？都成了一个个谜团。乌力知道，在森林里，类似的荒屋有很多，他本人无意探究，因为不会有结果。可就在他要离开的时候，却隐隐地听到哪里有一丝微弱的呼吸声，夹杂着若有若无的呻吟声，他顿时警觉起来。起初，他以为是躲藏在某处的狐狸呢，找了半天，在屋后发现一个草垛，草窝里居然瑟缩着一只奄奄一息的狗！它全身沾满草屑和土灰，像一只灰不溜秋的小怪物。乌力用木棍拨弄它，它竟然没有任何反应，它已经虚弱得没有一点力气了，连眼皮都懒得抬一下。乌力断定这是一只失去了主人的雪橇犬，它真是一个生命力顽强的小家伙，不知是靠什么意志活下来的，看样子像是生了重病，怕是坚持不了两天。乌力决定尝试救助它，就从屋内找了一个破麻袋，打算把它背下山。

　　一路上，乌力背着病狗，一颗流星在夜空划落。他不停地喃喃自语，向山神祈祷护佑，不要遇到虎狼和棕熊，不要让蟒蛇缠住了他的脚。最后，凭借指南针的引领，他走出了这片森林。

　　把狗背回家后，乌力到河中汲了一桶水给它洗澡，熬了点小米汤喂它，它瑟瑟地抖着身子，不肯吃。乌力找来屯子里的兽医独活大叔前来诊治，独活大叔即便在夏天也戴着白线手套，他连声惊叹，说这只狗命真大，因为它身上生了好几种病：皮炎、外耳炎、下痢、心丝虫病等。失去主人后，它在森林里像个孤儿，承受了几个月的风雨雷电，靠吃草虫子活了下来，如果不是碰巧遇到乌力，它就只能撑一两天了。

　　独活大叔走后，留下一堆救狗命的药。从此，除了每天的巡山采药，乌力把全部心思都花在了雪橇犬身上。一个月后，这只命大的雪橇犬终于恢复了体力。让乌力印象最深的是，立秋那天，狗跑到河岸上，对着远山发出一阵汪汪的吠叫。这是生命的叫喊呀！他原本在茅屋里冲凉，听到狗叫，激动得跑出门，跑到河岸上，扑倒在地，一下把狗抱住了，在草地上痛痛快快地打了个滚儿……此刻，那只恢复了健康的狗承受着乌力的爱抚，从嘴里发出一阵模糊不清的呜哇声，只见它的眼角往下淌泪。乌力当即给它取了名字：灰娃。嘿！灰——娃！这小小的雪橇犬像刚出生的孩子，有了自己的名字，有了一个新家。

　　在接下来的日子里，灰娃就像河岸上的小白桦树，似乎一夜间奇迹般地长高长大，很快成了一只闻名乡野的雪橇犬。

　　概括而言，原因有两个：一是它拥有一副野狼般英俊的外表，但比真正的狼温驯多了，白花皮毛油亮光滑，总是警觉地高高竖起的耳朵，以及一对漂亮的灰蓝色眼珠，在黑夜里也闪着光芒；二是灰娃聪明且善解人意，能听懂人话，除了看家护院，两年来乌力已经教会它许多难度极高的本领，如它能记住许多屯里人的名字，某次乌力借了屯里人的麻绳，由灰娃叼在嘴里去还，圆满完成了任务；某次乌力做饭，往锅里贴粗粮饼子，灰娃居然摇着尾巴帮忙拉起了风箱……在乌力眼中，灰娃除了不会说话，什么都会，像一个年幼的孩童。

令他没想到的是，屯里人围绕着这只狗，进行了一些艺术加工和编排。这只狗的信息风一样地传播开来，传得神乎其神，有人甚至扯到狐仙身上去，说灰娃是狐仙成精降临人间……乌力听了，只是摇头笑笑，并不多做解释。

一天，他牵着狗从山里归来，被眼前的一幕惊呆了——他的茅屋前围满了人，老幼兼备，有人对着柴垛前的狗窝磕头，有人点燃了纸钱，风一吹，弄得满天都是纸灰，像翩翩飞舞的虫蛾。

此后，类似的事情还时有发生，都被乌力用极其温和的方式处理妥当了——除了无边呼啸的山林，他太爱屯子里的乡亲了，不忍用生硬或粗暴的态度对待他们。他知道山坳屯子里的人都很善良，只是文化水平有限，对事物的理解能力不够，尤其是一些老人，习惯用陈旧的思维解读一切，一有点风吹草动，便祈求神灵的护佑。"其实，哥。"乌力对我说，"人们都想多了，世界哪有那么复杂？"

我表示赞许地点头。尽管乌力出生在神秘的山林里，而且父母双双过早离世，他却依靠自学和接收外部世界的信息绕开了蒙昧，这也是我们之间能够建立友谊和对话的缘由。在他眼里，这只雪橇犬和世界上的狗没有什么本质不同，只不过略显聪明就是了。重要的是，这只雪橇犬是他的生活伙伴——帮他拉柴，和他一起上山采货，时常和他怄气，陪他度过冬天的漫漫长夜。

写到这里，我的眼前出现了一个画面：暴风雪下，地动山摇，天地间响着树枝断裂的声音；而茅屋内炉火正旺，火光映照着乌力清秀的脸，一绺黑发遮住了右眼；那只雪橇犬偎依在他的脚下，伸长了舌头，打着哈欠，摇着尾巴……

三声狗叫

　　我见过狗追流星的情景。那天晚上，宽阔的雪野一片洁白，蒸腾的雾气从河边袅袅升起，夜游的鸟和蝙蝠似乎飞满了夜空。突然，唰唰唰，三颗流星呼啸着划过天际，一颗挨着一颗，落在了不远处的雪窝里。当时，我愣住了，因为我从未见过流星以这样的方式降落，仿佛从天空落下三颗明亮的泪水，是神灵点亮的三盏灯笼。我早就听说，白山一带的流星很小，像只只萤火虫，捡起来拎在手里，可以当马灯。这只是传说。

　　而流星的每一次降落，都惹得机警的雪橇犬驻足仰头，顷刻后一路狂追，发出嘹亮的嚎叫，身后雪末飞溅。

　　"汪！汪！汪！"

　　随着三声狗叫，沉睡一冬的白山和错落有致的屋舍被骤然唤醒，先是屯子里的狗跟着叫，接着是远处林中藏匿的狗也叫起来。一时间整个山野一阵骚动，叫声此起彼伏，像过春节放鞭炮，又像野鸭扑扑通通的跳河声，那些流浪的野猫和野獾，藏在树洞中的浣熊和松鼠，松枝上的啄木鸟和白嘴鸦，灌木丛中的红狐和柴草垛里的黄鼠狼，以及冬眠的蛇和蜷缩成一片枯叶的土鳖虫，都睁大了机警的眼睛。

　　此刻，它们都翻转身体，全神贯注，侧耳谛听，像人类迎接节日那样，迎接三声狗叫。

这些大地上的野性生灵啊，对声音、气味和节气变化有着天然的敏感，哪怕出现一点微小的动静，都逃不过它们的耳朵、眼睛和鼻子——它们是天才美食鉴赏家、星相学家、气象预测工程师、房屋建筑师和高尖端的地形学观察家。

以形体微小、力量薄弱的蚂蚁为例，一只小小的蚂蚁，貌似弱小，岂不知其头部、触角、胸部和前脚的胫节都含有听觉器官，能够感受数十米开外的声音振动。而且，它们除了有敏锐的味觉、触觉和听觉之外，还有更敏锐的嗅觉。它们的触角上密布感觉器官和腺体，帮助蚂蚁感知信息和对外交流。而长白山脚下的著名蚁类，分红、黑二种，力大耐寒，即便是百年前的火山爆发，岩浆滚滚，万兽逃亡，虎狼尸横遍野，也没能将其消灭殆尽。

由此可见，造物主是多么公平——蚂蚁虽小，小到被其他物种视而不见，但正因如此，它们拥有生生不息的庞大家族，已经在地球上繁衍亿万年之久。与之同时代的恐龙，一度猖狂到不可一世，却早已灭绝，只剩下博物馆里一具具庞大的骨架。

比较之下，人类的整体文明尽管发达，但感觉系统堪称迟钝，即便进入科技时代，却依然在诸多自然灾害面前束手无策，付出巨大代价：地震、台风、洪水、火山爆发……尤其要命的是，人类的免疫和抵抗能力在下滑，活得越发娇贵，冬天怕冷，夏天惧热，春天乏力，秋季伤怀而消沉……这是人类长期生活在"温室"中养成的"城市病"。

纵观一些读书人与饱学之士，都表示厌恶城市。可奇怪的是，为什么又都选择往城市里跑？为何对勤劳的乡民们抱有歧视？为什么甘愿过一种不痛不痒的生活？在这个关口，每一位有人文情怀的思想者或大地赤子，都应该到山野中来居住一段时间，穿上草鞋，戴上斗笠，披上蓑衣，迎接风雨的沐浴，体验一下另一种人生。弯下腰身，放下板结的经验，运用精密的逻辑，进行一次深度田野考察，做一番调查研究。从原生态中吸取精气，详细了解每一棵树的生长过程，细数每一道年轮中储存的信息；去熟悉每一块石头与每一株植物的成因，熟悉它们与这片森林的关系；熟悉生灵的日常活动和居住条件，接触和抚摸一下潮湿的泥穴、古老的山洞和风雨中飘摇的鸟巢；观察自林中冉冉升起的日光，斑驳的光线穿越枝杈，照亮树身的伤疤。

　　当然，除了以上事物，这里还有大面积的流星雨，三声狗叫后苏醒的森林。春天来临，河流解冻，林间遍开野花。乳白色的炊烟被风吹远，蓝天徐徐降下圆号的深沉旋律，群山遥相呼应——大地响起一支古老沧桑的歌谣。

第三辑　西南角的瓷

运河流过故乡的平原

运河与湖

我真正意义上的故乡，是在开阔荒凉的鲁西平原上。在童年的印象中，除了大片的荫柳棵，还有梨园、枣林、麦田、棉花地和干草垛，以及黑咕隆咚的冬夜和平原上空那一轮血一样凄美惨烈的月亮。

故乡的平原视野开阔，太阳出来时几乎没有任何遮挡，春天里风沙弥漫，时常把路边的白杨树刮倒吹弯。奇怪的是，在我家的土房子附近，却是水流漫漫，野草繁茂。由于水的参与，它构成了我童年时代两幅梦境似的画面，一幅是呜呜尖叫的大风，另一幅是镜子般静谧澄明的水乡。

当时，我家住在聊城东昌府西南角的沙河镇上，周围的村庄像缝补在平原上的一枚枚纽扣。夏天，孩子们枕着满耳朵的水声入眠，这样可以把梦做得幽深入味，鼻孔间萦绕着木柴炖肉的香气。醒来出门，门外是连接成片的水洼池塘：清澈的水汊环绕着镇子，屋檐上湿漉漉的瓦，湿漉漉的炊烟，家家户户的门廊前，放置着一个接水的瓦罐，阳光照耀下的瓦罐闪闪发亮。懵懂的孩子们，不知道水是从哪里来的——除了天上的雨水，还有另外的水吗？渐渐地，我们从大人们嘴里获知，平原上除了风沙，还流淌着众多河流：黄河、大运河、马颊河、漳卫河、赵王河、周公河、青年渠、小湄河……而古老的东昌府，位于黄河与大运河的交汇地，它因此获得了"江北水城"的美誉。明清时期，东昌"因水而兴盛"长达四百余年，曾有"舟楫如云，帆樯蔽日"的盛况，是举世公认的"运河古都"。这些纵横交错的河流，构成了水的源头、生物与植物的源头：鱼虾塘、芦苇荡、荷花荡、菱角坑、蒲草丛……从某种意义上说，河流构成了一个孩子童年的性格基因与大部分欢乐内容。

至今记得，20 世纪 70 年代夏季某个燠热难当的夜晚，伙伴们会合于镇子街头，耍完捉迷藏的游戏，为首的孩子王提议："明天起个大早，我们到聊城看看吧！"这件事构成了我童年记忆的一个重要的事件：三个穿短裤的孩子，瞒着父母，怀揣对一座城的向往，沿着狭窄的乡村公路欢快前行，公路两边是腥气扑鼻的河道，蛙声、蝉鸣和各种鸟叫声响成一片，蜻蜓在头顶时飞时停。大约徒步十公里后，我们搭上了镇上的马车，与车把式一路说说笑笑。进入东昌城，率先映入眼帘的是烟波浩渺的东昌湖，伙伴站在马车上，用手一指："快看！鼓楼！"他所说的"鼓楼"，乃闻名遐迩的光岳楼，是我幼年时乡人口中提及率颇高的地标性建筑。光岳楼始建于明代，围绕它的传说比吊炉烧饼上的芝麻还多，至今是鲁西平原百姓心里的骄傲。

《东昌府志》记载，明清两代，京杭大运河为南北交通大动脉，沿河过往的帝王将相、文人学士多都登临此楼，凭栏咏月，作诗赋词。我顺着声音望去，但见一片白茫茫浩荡无涯的水波之上，兀自烘托出一幢黑黝黝、气势恢宏的庞大建筑，头顶霞光点点，有白鹭与孤鸟围绕着它环舞鸣叫，"叽叽叽，喳喳喳"。烟波浩渺之中，鼓楼与脚下的东昌湖形成了绝配景观，毫无违和感。记得在当时，我问车把式大叔："这么多水，是从哪里来的呢？"

"大运河。"他操一口浓重的鲁西乡音，这样回答道。

三年之后，我们家从沙河镇迁到聊城辖区的茌平，而我也已长成一位多愁善感的少年。终于有一个机会，父亲带我登上光岳楼，让我从高处俯瞰到了大运河的真容——但见这条流淌了二千五百多年的河流像一道明亮的闪电，自南向北，蜿蜒行进一千七百余公里，将烙印重重地打在我故乡的大地上。它浩浩汤汤，挟带着外部世界的文明信息，先是把平原板结的土地划开一道缺口，又一个转身，汇聚成一个大湖的漩涡，唤醒一方水土，让一个地理学及生态学的概念被重新命名改写。

老会馆的折光

初夏的黄昏，我沿着古老的运河缓缓漫步，岸边垂柳依依，黄鹂鸟在枝头啾唧，一种难以名状的情愫在心头弥漫。抬眼向西，即见那座年代感鲜明的建筑——山陕会馆，瓦檐翘起，位置抢眼。这幢灰瓦建筑始建于乾隆时期，颇具雕梁画栋的气质，是当年运河繁盛、漕运经济发达的见证与缩影。

由于运河的水上商道不舍昼夜地繁忙，山西与陕西商贾中的有识之士，几乎不费吹灰之力便达成共识，集资兴建一座"联乡谊"的处所。经过一番筹措、设计、实施，一处占地面积上千平方米的会馆应运而生。类似的会馆，我曾经在重庆参访过，它们用途相似，规模有大小之分，但都无一例外地采用雕刻与绘画艺术，琉璃照壁，堪称精美绝伦与独具匠心，折射了古人的生活品位与生存智慧。在山陕会馆内，儒、佛、道各家皆各归其位，官府规制与民间习俗杂糅多元，求同存异，互为致敬，彰显了彼时的精神格局与古训规则，众多的商业巨子们在此休戚与共，交流合作，互通有无，诚实守信，栖身休整，为人类商业模式中的契约精神提供了坚实范例。

令我稍感讶然的是，山陕会馆一点也不幽闭，甚至有些高调地出现在古老的东昌府地盘，完全是一处敞开的场所，当地乡民可以自由出入，参与各种交流。会馆中设立了古戏台，各地戏台班子通过京杭大运河航道，鱼贯而入，上演京剧、黄梅戏、沪剧、吕剧、晋剧、秦腔、豫剧、评剧、山东梆子、苏州评弹，以及相声、杂技、山东快书等传统戏曲，剧种剧目丰富多样。接地气的演出，给齐鲁大地注入了多元的文化活力，也起到安定人心的作用。

运河日夜奔流不息，带来一股股清凉之风。木船悠悠，夜晚渔火点点，雨丝打不灭船头的灯笼。那些自远方漂来漂去的船只，带来市场一线的商讯与人文信息资源，还带来了异乡的马匹、家禽、蔬菜、水果、草药、美食、服饰、皮革、丝绸等，以及西北锅盔、吊炉烧饼、肉夹馍等民间美食和苇席编织、砖窑烧制等民间手艺。自此以后，故乡小贩在街巷的叫卖声中，增添了许多新鲜的内容。

说到我本人与山陕会馆的首度交集，彼时我还是一位少年，那恰恰是运河命运的低谷、落寞时期，河水几近枯竭，裸露的河滩上布满被日光晒得发烫的卵石；山陕会馆前门庭冷清，镶满铜钉的正门旁边开了一侧小门，供游人出入。而我前往会馆的缘由，居然是一位同学得到了两张免费门票，约我一道去看新疆出土的木乃伊古尸巡展。记得那次观展给我带来了极度的不适，干尸的形象占据我的脑海，在很长一段时间里驱之不散。

如今，山陕会馆已然成为鲁西平原一处网红打卡地。我伫立在会馆前，陷入沉思：与古老悠久的大运河相比较，人类个体的生命何其短暂，人们甚至活不过一块旧瓦，而有许多老建筑却可以留存下来，成为地标，成为灯盏，成为烛照。这是文化与艺术的胜利吧？它的存在即一种诉说。正是在大运河的物质需求与精神交汇的地气中，从故乡走出了一代代文化艺术精英分子，诸如武训、傅斯年、季羡林、李苦禅、孙大石，以及当代作家余华（祖籍山东高唐）、张海迪、左建明等。

山陕会馆的复兴，从侧面道出一个事实：在任何朝代，民生都是天下第一要义。从始至终，百姓向往美好安宁的生活，让自己活得精致讲究一些，是最健康的夙愿。先人们在这条天道运行规则下，实现了文化碰撞、交融的无缝对接，一些理念放到今天，都带有前卫色彩。在那个信息封闭的年代，这些超凡脱俗而又务实的理念，归功于大运河翻滚的波涛和盛开的浪花。

河畔人家

"开船喽。"

船老大一声吆喝，木船顺流而下，一路向北，缓缓抵达临清小城，那里曾经是运河码头集散地和运河钞关地，临清因此获得了一个"小天津"的美称。为了感受真实的运河现状，朋友建议我弃车乘船，用一种虔诚的心情去探寻古运河存留的陈年遗迹。半机械化的木船在马达的轰响中启程，站立船头，顿觉水汽扑鼻，清风拂面，运河两岸花树繁茂，野鸭和苍鹭的翅膀在水面翻飞，或翩翩起舞。船老大说："您来得有点晚了，如果惊蛰前后来，岸边的桃花开得灿烂，那才叫一个好看呢。"

我知道，眼前这一片清澈的运河之水既是粗犷的，又是灵秀的，它融入了黄河、海河、长江、淮河、钱塘江等众多的水系，连通着不同的地域文化，它们在水中融会，形成合力。而最终，在百年沧桑巨变中汇入中华民族图腾之海，书写崭新的史册。

船老大六十余岁，他的家就居住在运河边上。他一边开船，一边如数家珍地向我讲述运河。他说，他听着这样的民谣长大："上有天堂，下有苏杭。过了济宁，就是东昌。到达京城，必经临张。"

民谣中的"临张"，即临清与张秋的缩写，可惜此行时间紧张，我不能到运河流经地阳谷县张秋镇进行实地采访。听说船老大的家毗邻运河，我精神一振，眼前浮现出一幢冒着炊烟的河畔屋舍：屋舍的门前有狗窝，灶间有柴草，熏黑的烟囱立在屋顶，捕捞的工具和防雨的斗笠挂在墙上；院子里有大榆树，上有喜鹊筑巢，代代繁衍；树下有石桌、石椅和马扎，桌子上摆放着一个茶壶、一把芭蕉扇子、一碟花生仁、一筐熟地瓜、一盘煮毛豆、一盘鸭梨，还有一杆旱烟袋。这个经典传统的隐逸画面，比较符合鲁西人的生活样貌和审美取向。但想象终究不是事实，要获得验证，则需要到现场考察。

下了船，我执意要求到船老大家瞅上一眼。当然，这个要求得到了满足。我们一行人穿越码头，头顶明晃晃的日光，远远地看到一片绿荫，榆树与桑树杂植其间，竹篱上的紫藤花开得像一幅国画，护院的狗远远地吠叫。攀上一段石块铺就的腻滑陡路，终于来到了船老大家的小院，一股夹杂着木质霉味的清气侵入鼻孔。没有想象中的诗意浪漫，除了屋内稍显潮湿，倒也与想象中的河畔屋舍景致出入不大。总之，呈现在我眼前的是一个烟火气浓郁的旧院子，丝瓜架、蚕豆秧、铁丝上成串的鲫鱼干，一切都透着日子的淳朴与平实。

就居住风水习俗而言，鲁西人习惯分堂屋和偏房，堂屋坐北朝南，迎着正午的阳光，偏房用作米仓或灶间。在堂屋的八仙桌上，挂着镶在梨木镜框内的祖辈的画像或旧照。船老大指着一幅黑白老照片说，他已故的父亲在年轻时曾经做过多年的运河"跑船工"，他负责拉纤，每艘船可以拉一千多吨货物。"当时的公社里，有三十多艘船。"船老大一边抬手擦拭额头的汗水，一边讲述家史，"到了1958年10月，河道被加宽，河水变少，船容易搁浅。我父亲才不做船工了，回家种地养鸡。我们家祖祖辈辈对运河太有感情，始终舍不得搬离这里。"短短几句话，折射出运河曾经的兴衰荣辱、变化与更迭，还有人们对它的各种怜惜。

船老大说得不错，改革开放以后，他曾经去城里打工谋生，也曾回到运河边上开小商铺，到老街上卖过小吃，炸过糖糕和油条，但最终，他选择回大运河开观光船，做了新一代船老大。"我已经干了十来年了，打算不换活路了，一直干到老。我喜欢闻河水的味道。"他乐呵呵地说，口吻很是轻松。其实，属猴子的船老大，今年已经六十七岁了。

水城的桨声

太阳每天从平原上升起，照耀着古老的黄河故道，古城脚下的湖水闪闪发亮，窗外桨声欸乃，夹杂着船工的喊号声。我在朋友位于古城区的新居住了一夜，醒来已是霞光万丈。

黄河水患曾经多次让东昌受害，每一次改道都留下大量的泥沙，这是春天刮风沙的根源。"河决"是当地老辈人的叫法，正所谓"三年两决口，百年一改道"。如果没有运河的梳理、润泽，眼前一望无际的万顷良田，恐怕将是一片盐碱滩，不长树木，只生茇草。

京杭大运河由对鲁西平原土壤质地的改变，进而变为文化层面的优化吸收与潜移默化。在东昌古城短暂逗留的时光里，大片的园林、青竹与橘树，巷子里被游人的鞋子磨得发亮的石板路，时时让我产生一种错觉，以为自己置身于风景灵秀的江南水乡。巷子上空，充盈着茴香豆和黄酒的醉人气息。运河改变了平原人的口味，让这里的饮食文化十分发达，这些珍馐的来历，几乎都与漕运繁盛时期的生活质量有关，诸如临清"八大碗"、运河什锦香面、鬼子鸡、布袋鸡、托板豆腐、武大郎烧饼、沙镇呱嗒、临清焖饼、莘县蒸碗、古城鸳鸯饼、高唐老豆腐、牛肉糁汤、东昌胡辣汤、羊肉氽丸子……名目繁多如满天星子。若是某位异乡人来到东昌府，住上十天半月，一路吃下去，断然不会重样。而我至今怀念的小时候的几种吃食，印象最深的是，每年夏天，母亲会到镇上的肉铺割一条肉，做一锅冬瓜炖肉汤，改善生活。美其名曰"炖肉"，其实多是瓜菜，肉被切成细丝，打捞半天才能捞出一条肉丝，急忙将其放到口中，让它与一汪口水慢慢相融交汇，香气满满，幸福满满。

幼年时代，母亲还曾做过一道美食，唤作菜蟒，味道让我难忘。无奈走南闯北数年，却从不曾在他乡见人烹制过，当然也就无从品尝。但在昨天晚上，在我毫不知情的情形下，餐桌上出现了久违的菜蟒，令舌尖毫无准备。望着它，我举箸半空，发起呆来，内心翻江倒海地回忆起许多往事。故乡的朋友们有说有笑，却没有一个人会猜到我与一种食物之间存在的渊源和精神情结——这就好比一个人在内心深处与一株树，甚或一条河流的情结纠缠惊人地相似。

火盆中的旧址

遥远的夏天，风雨飘摇，一幢破败的茅屋上，雨水顺着瓦檐狂泻而下。天空中传来轰隆隆的雷声，闪电照亮雨中的天井。

那一年我六岁，接连几天不吃东西，因为生病而哭闹不止，身体瘫软在母亲怀中。得了什么病呢？大约是肺炎，我咳嗽不止，还出黄疸，似乎命悬一线。母亲用手臂摇晃着我，企图让我安静下来。我虽然双目紧闭，却分明听到周围都是哗哗的雨声，还有从天际传来的阵阵杀伐声，脑海里出现各种画面，险象环生。恍惚之中，听到母亲在我耳畔嘀咕："姥姥去请大夫了，救命的人要来了。"

听了她的话，我突然睁大了眼睛，视线移开了母亲布满忧愁的脸。在那一刻，我的视线掠过屋顶，望见了窗外比屋梁更粗的雨柱，还望见了远处被雨水泼打的硕大的树冠，更为奇怪的是，我望见了裹着小脚的外婆，她吃力地行走在一片泥泞的乡道上。她的头上顶着一块遮雨的黑布，身后跟着一位胡须飘飘的乡村郎中。

很快，雷声停止，雨也收住了脚，青草浓郁的气息弥漫到房间。那位胡须飘飘的郎中在屋内坐定，虽然留有胡须，但似乎并不太老。他用手抚摸我发烫的前额，又捉了我瘦弱的手腕把脉。我能听到自己的脉搏突突跳动的声音，那是向世界发出的求救的信号。

接下来，郎中命母亲把我抱到木床上，仰躺下来，袒露出肚脐，用酒精洗净周围。郎中一番忙碌后，从药包中取出几根蜡纸筒，用火柴点燃，又取出一枚铜钱，将铜钱置于脐上，钱孔对准脐心，再将蜡纸筒扣于钱上，蜡纸筒下端与脐相接处用湿面涂成一圈，固定密封，勿令泄气，脐周用毛巾围好。然后将上端点燃，待其燃至离脐半寸，迅速将火吹灭，以免灼伤皮肤。

在一根蜡纸筒燃尽之后，肚脐上出现了许多残留的黄色粉末，像一堆耳屎。外婆和母亲守在旁边，见状都惊讶得睁大了眼睛，几乎是异口同声地问："这是什么？"

郎中回答："黄疸毒素。"

郎中说把这些毒素排出体外，我的病就好了。那一天，郎中给我灸了三针，烧掉了三根蜡筒。临走时，郎中将灸法教给母亲，留下几十根制作好的蜡筒，告辞离开。在我模糊的印象中，郎中的话语不多，表情比较严肃，离开茅屋时腋下夹着一把油纸雨伞。

天晴了，郎中消失在雨后洁净的乡路。他有些驼背，远远看去，仿佛把整个村庄移到了肩上。

听母亲说，郎中走后，我大睡了一觉，醒来感觉病好多了，当晚便有了饿意，喝了一碗小米粥。

此后，母亲依照郎中的叮嘱，每天给我进行灸疗，不管怎样，眼瞅着我一天天好起来，全家人如释重负，松了一口气。

灸疗法进行到第三天时，发生了一点意外。那一天，母亲正在如法炮制地对我进行灸疗，我突然感觉一阵腹疼，疼得大声哭叫。母亲停止动作，并且把在院子里收拾炉具的外婆也喊进屋来。

而我边哭边叫："嗷，疼，疼。"

母亲将蜡纸筒从我的肚脐移开，发现上面已经堆积了许多粉末。每次灸疗完，母亲都遵照郎中的话，把灸出的粉末拨弄到一张纸片上，一起放到火盆里焚烧干净，以防止病毒传播。此时，母亲望着纸片上那些残留的黄色粉末，呆愣良久。毫无疑问，灸疗引发的副作用让母亲对郎中起了疑心。接下来，她做了一个堪称聪明的试验：将一根蜡纸筒点燃后，放在一块石板上进行灸治，结果不出所料——在蜡纸筒燃尽后，石板上留下了同样的一堆黄色粉末。母亲惊讶地叫起来，骂了一句："骗子。"

当然，故事并没有就此结束，这也不是事情的全部经过。发觉上当受骗后，母亲气得脸色通红，可恶的郎中让她花了全家半个月的生活费不说，主要让她感觉太窝囊、耻辱了。这个可恶的骗子，连一个小孩子也不放过，也不怕遭雷劈啊！

那一天，母亲骂了能骂的脏话，还把外婆责备了一顿。

其实，外婆相当无辜，她和郎中素不相识。常言说人病乱投医，她是在沙河镇上打听诊所，被一个在街头闲逛的老太太带路，七拐八拐地穿越了好几条胡同，最终找到了郎中的家。

好在娘儿俩发泄完毕，火气渐渐消退，最终自认倒霉——权当这件事没有发生。一番互相开导后，她们决定接受教训，把剩下的十几根蜡纸筒投入火盆中，连同郎中留下的一个地址，付之一炬。

母亲和外婆不再提及此事，因为这件事让人不愉快。几天后，我的病竟然好了，又回到了与小伙伴们一起玩耍的队伍中。于是，与郎中再次发生交集的可能性从根本上断绝了。

话说多年之后，我读到一本自故乡邮来的《沙河年鉴》，随手翻到"地方名士"栏目，从一则词条中了解到郎中的事迹：他用高超的医术终生行医，广受乡人称道，享年八十七岁。其实，在成年后我就知道母亲当年误会了郎中。因为蜡灸黄疗古法运用并不广泛，人们难免对它认识不足。至于其能够直接从石板上提炼出粉末，虽然颜色相同，但此粉末非彼粉末，也就是说，从石板上提炼的粉末不含人体毒素。

这小小的偏差，仅用肉眼是看不到的。

　　我想，当人们回首往事，会发现曾经的误解、愤怒与争端，往往出于认知的局限与偏差，它们导致了我们判断失灵与失误。面对那些发生了的过往，当省悟时一切都晚了，只好将错就错。假如事情放到现在，我会从火盆中救出那张写有地址的纸条。而此时，我只能凭借想象，祭奠郎中风云密布的一生。

青瓦与三种遐想

古街很短，依傍梅山寺。每当我路过街口，都会忍不住驻足，朝深处凝视良久，心生几分疑虑、几分惆怅，却终是没有走进去。事后思量，我只是想远远地感受一下那里的沧桑况味罢，听一听时间深处的幽寂之声。而眼前，闪过一片青瓦。

类似的青瓦建筑，我在江南的水乡见过多处，朱门深宅，屋檐翘立，通体散发着神秘的气息，地气弥漫到墙角。几年前，朋友约我到扬州过春节，算是透彻地体验了一回南方的年节。直到今天，我的鼻孔间依然萦绕着茴香豆和黄酒的气味，我还记得瓦檐上的积雪、瘦西湖冰层下冻僵的白鱼。

而这一次，我又路过梅山寺，却是怯怯地朝街里走近了些，蹑手蹑脚地站在了那幢青瓦老屋下。稍微抬头，便见一株发了芽的老梅树。老屋灰砖白墙，似一幅淡墨国画，像包浆开片的青花瓷器，令人无端地生发许多联想，平添了些许愁绪。尽管起初我不知晓这幢旧建筑有什么来历，经历了几代主人，有哪些缠绵悱恻的故事在这个院落里发生。

我断断续续地听到一些八卦，在哪一朝的哪一个时期，有一位心思细腻的书生在这个宅院里长大，他文文弱弱，说话慢声细语，冬天在脖子上系一方蓝布围巾，伸出冻凉的手去烤木炭火，再饮一杯案前冒着热气的红茶；他过着贾宝玉式的公子哥生活，每天游手好闲，偶尔被女性荷尔蒙吸引，到西园去与姐姐妹妹们调笑，满身散发脂粉气。年年岁岁，门前的车马停了又走，恰如树巢里的鸟雀来了又飞。那少年渐渐长大，唇边长了胡须，他就要出发远行，到远方的城里，求学或求职，经世间的苦。他腋下夹一把发黄的油纸伞，在飘飞的柳絮中出发，乘坐轮船，过码头，进入喧嚷的街市，店铺与酒幌映入眼帘。在战乱年代，人命朝不保夕，这个从富宅里出门远行的后生，原本一日三餐都要讲究，每天的下午茶也必不可少，压根就没有应对江湖的能力。江湖人的一声呵斥就能把他唬住，使他不敢作声；几杯水酒就能将他灌得烂醉，让他手舞足蹈地说胡话。在那硝烟滚滚的乱世，他若要过得舒坦滋润，必得经过一番蜕皮脱骨的涅槃。忽然某一天，他像一滴水从人间蒸发，家人再也收不到他的家书——像一首钢琴曲戛然而止，那个隔三差五写信要钱要物、总是招惹讨嫌的人按下了暂停键。家人免不了火烧火燎，女人们哭闹一番，急急地央手下人去寻，搜遍世界，自是没有线索，白白花了不少银两。时间一久，便也成了一桩悬案。当然，在那个年代，类似的案例不在少数，听得多了，人们也并不以为稀奇。

故事讲到这里，我忽然想到博尔赫斯的《小径分岔的花园》。在这篇小说中，博氏巧妙地设置了一个曲折悠长、忽明忽暗的迷宫，让人物在历史与现实中来回穿梭，像一根生长在墙壁上的鸢尾花藤，或长或短地适应着时空的凹凸结构，最终取得玄幻迷人的叙事效果。而在我看来，少年的命运同样具有扑朔迷离的性质。如若沿时间的河流刨根溯源，甚至可以无限蔓延开来，像一只盘踞在高山之巅的愤怒猛禽，实现无尽头的飞翔。此时此刻，我呆立在现实的地面，望着青瓦屋檐上新长出的一簇春草，脑海里冒出三种遐想，附录如下。

遐想一：随着他的失踪，各种混杂的消息传来，议论是免不了的，每每从报纸上看到一则照片模糊的认尸启事，都会给宅院带来一阵不小的骚动。人们前往报馆打探，结果都失望而归，哀伤的话题卷土重来。

而"花开两朵，各表一枝"，事实上，少年并没有像传说中那样遭遇不测。原来，他在偶然的一晚看了一场戏，遇到了一个民间戏班子，他和班主聊得投机，班主赏识他的书生气质和容貌，便有心拉他入伙，还说他的前生乃梨园名角云云，捡玄妙的话语哄他。他着了迷道，便决定加盟戏班，让生命从头开始，或者叫再续前缘。自此，他跟着戏班开始了漂泊流浪的生涯，彻底告别公子哥的形象，他要把此生的命运与一帮走江湖的人绑在一起。这对他而言，既是宿命，又是必然。他从心底里对自己不满，决意要告别家庭出身，把从前的一切像泥胎一样打碎，让风雨再造一个全新的个体。他更姓改名，经历脱胎换骨的蜕变。而若要完成这些，头一桩事便是断绝旧交，与过去做个了断。他还年少，有足够的时间可供试错。

他的经历，让一句话得到验证："人的改变，是从讨厌自己开始的。"

遐想二：在他走后不久，西园的一位女子便像被秋霜打蔫了的花，病恹恹的，提不起精神。她不再像从前那样每天擦粉抹黛，关心自己的容貌。在她看来，女为悦己者容。她私下里叫他毛弟，因为他长得像她豢养的一只花猫，它毛色光亮柔软，瞳仁闪闪。如今，她心悦的毛弟走了，美貌于她失去了意义，眼中的事物也起了变化，园里的茶坊与荷塘没了往日的味道和光泽，连同瓦屋顶上的树冠，都散发着一种淡淡的哀愁。姐妹们约她采花或做女红，她婉言谢绝；正月十五，表妹约她去梅山脚下看花灯，她勉强去了一会儿，就被冻得牙齿咯咯打战，随后溜回了闺房。在阁楼里，她抱了暖手袋，浴了足，洗了铜盆，点燃一炷香，来到花梨木的窗格前，手托腮，望着一轮明月叹息。当时，东园的少爷还没有从人间失踪，她不过是在盼望一封字迹工整的书信。只是有一件事，始终让她困惑：他是家族独苗，为何偏要远行呢？放着现成的安乐不享，丢下蜜一样的生活，偏偏要到外面吃苦遭罪；要知道，他的祖上创下的这么大的一摊子家业，是足够让他挥霍享受一生的哦。她听说书人的唱词里讲，富贵不出三代，换句话说，无论你的祖上如何精于算计，到了后辈的某个时段，家族里必定要出一位逆子，他会神使鬼差地败了家，破了产业，让一幢日积月累的大厦迅速倒塌，而这乃上天所注定。她每每听了这种话，是不相信的，认为这是贫穷的人家盼着富家败落，是妒忌心理作祟。当他失踪的消息传来时，她信了。她结结实实地哭了一天。而那时的她，已经怀有三个多月的身孕了。更要命的是，躲在深闺里没用，因为肚子会一天天大起来，这个秘密像一团火，会连同包装它的纸一起燃烧。而她的命运，将由此改写。

遐想三：多年之后，名满天下的戏曲名角慕容秋荣归故里，他带领的班子要在老城的梅山剧院义演七场，为当时的南方水灾进行募捐。回到故乡，眼前的一切已经物是人非，他对此态度却显得极为淡然。其时，他的生活已经不再依赖记忆，甚至把少年时代发生的一切早已全部清除。当地的演出组织者在宴请席间每每提及——提及他与这座城市的历史渊源，他都显得一脸冷漠，含含糊糊地说，记得自己的旧居是一幢深宅大院，如今已无亲人故交可识。他笑笑说："都是过去的事情了。"他已与旧时代彻底切割。故乡的人对之表示不解，觉得他不近人情，但也不好违了大师的态度。当然，人们不知道他究竟经历了什么，人们看到的只是他表面的光环，而永远无法触及其人性深处的本真相貌。准确点说，在那个兵荒马乱的年代，他曾从悬崖上跌落，在林中被劫匪追杀，七次中弹负伤，全身上下换过数十人的血。最后一次，他从马背上跌落，脑袋撞击地面，得了严重的脑震荡，成了植物人，躺在床榻上长达九个月零八天半，靠输液维持生命。有人给出诊疗方案，对他实施了当时堪称冒险的开颅手术。好在手术做得很成功，让他苏醒过来，并经过一段休养后重新登上舞台。如今，残存在他脑海里的，是他不完整的记忆，时而呈黏稠的糨糊状，时而呈冰河般的凝固态。在他的耳畔，回响着遥远的幻觉，时而是子弹的啸声，时而是锣鼓的喧鸣。尽管，从表面上看，他容颜光鲜，甚至有几分和蔼可亲的样子，尤其站在舞台上，一招一式炉火纯青，把一种唱腔发挥到了极致。往往，声音停止后会激起三波潮水——掌声，掌声，掌声。

　　总而言之，不凡的命运造就了他，致使他无论转身、行走或停留，都显得多面、传奇与复杂。当大幕落下，他的人生已经走完，留下了一幢青瓦旧居，供后人观瞻，也留下了重重迷雾与多种遐想——这就好比一个故事的多种讲法，你无法确定它属于虚构还是真实。

削掉的铅笔

　　那天在白山脚下沿河散步，看到一个低头的孩子伫立河边，全神贯注地用一把小刀削一根柳树的枝条。我意识到又一个春天到来了——这是山林里的春天，不久后会有一个万物花开的画面出现。

　　我忽然驻足，回头观望河边的少年。不知怎的，他削柳枝的样子让我想起削铅笔。

　　当时，我们家还住在鲁西平原的沙河镇上，背景是贫穷的 20 世纪 70 年代。印象中，那里是一片白花花的盐碱地，生长着在风中起伏不定的苇子林，还有一棵挨着一棵的果树。当夏天来临时，一场风会吹落许多树上的果子，我和伙伴们便潜入苇子林中，捡拾落果。每每从苇子林里钻出来，赤裸的胳膊都会被荆草划出许多血印子，好久才会结痂。

　　那天一大早，我被母亲叫醒，我一边含糊地答应她，一边翻身向里继续睡觉，企图接续一个被打断的梦。但母亲这次不客气地掀翻了我的被子，大声嚷嚷道："快起床，从今天开始，你要上学了。"

　　我一骨碌爬起来。上学这件事让人兴奋，因为从此以后，我不必再羡慕街头那些背着书包昂首挺胸的大孩子了。母亲已经把昨晚缝制好的书包递到了我眼前，里面装着演算本、一支铅笔和一块橡皮，还有一把铅笔刀。而课本是到学校后才有的。至今我还记得新书拿到手里，一股油墨香扑鼻而至，它在我的鼻尖萦绕多年。

起床后，原本我想体验一下削铅笔是什么感觉，可惜母亲已经替我削好了。望着木桌上留下的一堆碎木屑，我噘嘴赌气，责备母亲多事儿，猜想她是把一件开心事揽给自己做了。母亲不清楚我心里的想法，拿出一块抹桌布，把那堆碎木屑轻轻地扫进竹篮里。

学校离我们家不算远，绕过两条胡同就到了。学校在一片空地上，远远地能看到一棵老槐树，树杈上悬挂着一口生锈的老铜钟。

时间过得很快，上学大约半年之后，我就改变了看法：事实证明，削铅笔是一项技术活，而我真的削不好。手持一支又细又长的“怪物”，不知从何处下刀，有时候好不容易削出铅芯，却一不小心就折断了。我把这些统统归罪于铅笔刀太钝——当时，旋转式铅笔刀还没有普及呢。为此，母亲把一拃长的小刀放在磨刀石上磨啊磨。她神情专注，像是要完成一件改变世界的大事情。

眼瞅着锋刃已达到削铁如泥的程度了，母亲才把小刀收回铁鞘。不料，却因此发生了一件小事。

被磨亮的铅笔刀太过锋利，有一次削破了我左手的食指，手指肚上渗出了一颗大大的血珠。我忍着疼，又怕被人发现，只好把手指头含在嘴里，远远地看上去，像经典的傻瓜造型。

血流到嘴里，有一丝丝腥咸。

我的同桌叫什么名字来着？我一时想不起了，只知道她是个贼机灵的女孩。她轻轻一瞥就发现了我的秘密，当场扑哧一声笑出来，现场顿时一阵骚动。当时正上自习，听到笑声，全班的同学都转过头望着我，神情好奇。姓戴的女老师及时发现了问题，来到我的课桌前。她以为我在课堂上搞怪捣乱，口吻严厉地命我把手指头从嘴里取出。我在张口的同时，引发了全班同学惊诧的叫声。

因为牙齿上有血，形象可怖。我的脸一阵发烫，恨桌子底下没有地缝可钻。尽管戴老师在了解情况后没有当面对我做出批评，还宽慰了我几句，但这件事却让我在全班同学面前出了糗。同学们议论纷纷："没出息的笨蛋！连支铅笔都削不好，将来还能做什么呢？""一个差等生！"

这话似乎没错，因为在刚入学的头一个学期，全班上下就知晓我不是个好学生了。人人都知道我贪玩，诸如在课堂上偷看小人书，听课时脑子开小差；每天的作业不好好做，考试靠"打小抄"蒙混过关。而且，老师一不留神，我就哧溜一声跑出课堂，到校园外的小树林里去了。那里有一个大水塘，水塘边飞着蜻蜓、蝴蝶和各种花翅鸟。我本打算进去捉一只蝴蝶再放飞，听到哨子声立马就离开，但往往因为我太忘情、太投入，就把上课的事忘到了脑后，直到放学的铃声响起了，我才从中惊醒，撒开腿，离开小树林往回跑。

第二天，我为此遭到罚站，但我总是屡教不改。

那天放学回家，我原本欲向母亲诉说委屈，哪知母亲一脸严肃，当即下令："晚上别睡觉了，老老实实地练习削铅笔。"

原来，那天戴老师一转身就去了我家，把我的情况一五一十地告诉了母亲。

当天晚上，我就着一盏煤油灯，把一支好好的铅笔削成了碎屑。那个受伤的指头在哭泣，我的头发也被油灯烤出了一股焦煳味。

我一边练习，一边在心里责怪同桌。接连几天，我对她不理不睬，甩脸子给她看。哪知这个女生太聪明了，很快揣摩到了我的小心思，在一节课上，悄悄地把一支削好的铅笔递给了我……

这让我感觉很不好意思。后来，学校里筑起了一道院墙，把去小树林的路彻底封住了，我的一颗躁动之心，也渐渐平息下来。就这样，我渐渐地迷上了课堂，尤其是作文课。

多年以后，当我写作时，常常陷入回忆：童年的往事，少年的冲动，以及削铅笔这类的小事例，都会在脑海中浮现，感觉苦涩又美好。

去年春节，我从县城绕道，去了一趟故乡沙河镇，有好事者举行了一次小学同学聚会。结果，原定两桌人只凑了一桌。席间，忆旧是免不了的。我向人打听这位聪明的女同桌的下落——仅仅因为她帮我削过铅笔。记得，我还回赠过她一块水果味的橡皮，以示和解。

遗憾的是，同学们把头摇得像拨浪鼓，竟没有人知道她成年后的去向。

我在心里感慨：从小学到中学，削掉了多少支铅笔啊，垒起来应该是一个柴垛了吧。

雨湿桂花

有一种事物仿佛长了翅膀，比如雨。

雨滴像铁钉，那么具体而扎实地砸落在大地上。它乘着风而来，动作轻盈，比风走得更快，印在大地上，化为风的注脚。总之，它洋洋洒洒，飘落到莲花山下，把山脚下的一片屋舍洗得又光又亮。从谁家的窗口，似乎还探出一枝桂花。

那一天，我与阿岱相约，到莲花山脚下的五莲山居庄园相聚。

我特意起了个大早，天气晴朗，海岸边有微红的曙色，森林还没有醒来。

一路上没有遇到几辆车，但车行半路，雨却来了，大颗大颗的，像秋天的葡萄。它们忽然聚集到挡风玻璃上，用雨刮器没用，刮不净。

我当下心想，雨是一种什么灵性的事物呢？它总是能够摸透人的心思，提前到达。约莫一个半小时后，车子开到了山脚下。我先是看见一处有牌匾的山门，透着古典的神韵，给人一种柳暗花明的错觉；接着出现一汪清澈的水，白亮亮地闪着光，在眼前晃，似乎在诱惑人下去畅游一番。当然，这个念头只是闪了闪，又灯笼花一般熄灭。念头熄灭的刹那，我忽然看到水面上跃起鲤鱼——鲤鱼打挺，预示今年好运！

确定无疑，眼前便是著名的莲花山了。

我下了车，撑起一把雨伞，决定步行到山脚下的庄园去。风在我的裤腿上缠绕，像个絮絮叨叨的老妪。曲径通幽，越是向里，景色越美。空气甜丝丝的，把心尖尖撩拨得想唱歌，张了张口，却终是没有发声。

伴着眼前亮晶晶的雨帘，有一种进入古代的穿越感。进入魏晋，进入陶潜的田园，或者干脆进入一株老树的树洞。不知不觉间，我的眼前幻化出一个场景：在这里置一间书房，每日在山脚下自在徜徉，种植蔬菜瓜果。早晨被鸟声唤醒，日落时分，观星赏月。雪天围炉煮茶，春日踏青折梅。在季节里任性，在睡梦中呓语。晴耕雨读，布衣飘飘，邀城里友人把酒对饮。在这里，读李白杜甫、苏轼易安。读完一直想读而未读的书，看完全部的经典影片，写下憋了半辈子未曾说出口的话。

竹林瑟瑟响动，将我从遐想中惊醒。桂花的气息扑鼻而至，夹杂着栗子酒的醇香，还和雨水掺揉在一起了。

远远地，看到庄园主在木门前恭候。他的雨衣上缀满了雨珠，仿佛在冬天，雪落满了大衣的领子。他迎前笑曰："啊哈！来得正好，山里的栗子刚刚熟透，九月的木瓜也好闻得紧了。"

我在跨入门槛的瞬间，忽然发现雨水已经将整座山洗了一遍，五朵莲花开了三朵，尚有两朵欲开未开——仿佛在告诉我们，它将在夜晚雨脚收后开，或者在第二天太阳照耀山顶后再开。

只是雨来了，阿岱还没有来。我心想，这个阿岱啊，真磨叽，明明是他催得急，自己却落在了最后。

我和庄园主在一块石磨前落座，沏上一杯红茶，看着细细的秋雨濡湿了桂花，等阿岱远来的脚步声。

此时，从山顶上的光明寺内，隐隐传来一阵佛音。蓦然间，我的脑海里浮现出一句不知谁写的诗句："木鱼游不出深深的寺院。"

而时针，也游不出钟表。

寺院里的水薤

　　我去西街的时候，正是一场秋雨过后，看见街头有一位老人抱了一簇谷草，进入牛栏。而牛老了，面对晒干的谷草嗅嗅后摆头，似乎没有食欲。我上前打问，老人说这谷草是在收割完谷子的时候特意留下来的，他把脱粒之后的谷草系成捆晒干，然后挑回家中，给老牛铺草过冬，当喂牛的饲料。老人总是把草垛堆成圆柱体形状，封起的顶犹如一个大大的圆锥。平原上的风雪总是如期而至，雪把大地染白，太阳出来雪融化成水，却不会渗到草垛的中间去，不会因为日久而烂了谷草的根。老人说，草比石头耐用多了。在紧要关口，石头禁不住火烧风蚀，而草却会一茬茬地生长。在屋前屋后，各种草围绕着溪水爬行，抓牢泥土，供蝶采粉，供鸟筑巢，永不绝种。

　　老人说，旧村改造，他们成了城里人。全村的人很快将搬进楼房，开始另一种生活——这是祖先做梦都不敢想的生活。无奈的是，祖先们早已一代代地走远，被土地收割，变成了一座座坟丘，像眼前这一堆堆散发芬芳的草垛。

　　老人已经记不清，日渐低矮的草垛是在何时给了他一种伤怀的感觉，让他时常陷入如烟的往事。田野里埋葬着许多祖先，连坟堆也逐年消失。在每年清明祭奠的日子，族人们只能选一处通风的十字路口，遥对一个方向叩拜，送上纸钱和酒水，说上一些许愿的话。

从土地上消失的坟堆让老人明白，人是一辈管一辈的事儿，活好当下才是正理。人需要祭奠的，何止坟墓呢？时间把当年轰轰烈烈的往事夷为平地，岁月留给人类的，是"遍插茱萸少一人"式的悠远怀想，仅此而已。

老人已经活到了七十多岁，越来越像河畔的那株老柳树，低头默想了大半生，终于把人世间的道理想明白了——人世间的生灵是会老的，除了日月星辰，世间的一切皆有期限。

但这离家不远的古塔似乎是个例外，它在城西屹立了一千多年，历经一千多年风雨不倒。冬天的风雪抽打，夏天的雷暴袭击，猛烈的洪水扑来，地震张开妖魔般的大嘴，最终都没能将一座塔击垮。塔是镇物，能镇住天地间的牛鬼蛇神。于是，它成了一座城的人文坐标。老人说，这座塔年代太久，比洛阳的白马寺还早。

老人说，他出生时就抬眼看见塔尖，塔上的风铃在响。小时候，他曾爬上去看远处的风景，看到祖父在炊烟下牵着牛回家。而如今，多少年过去，凝结着他童年记忆的古塔，成了全国重点文物，人们再也无法触摸到塔身上的一块瓦片了。当年塔下繁盛的佛事也逐年稀少，依塔而建的寺院，安静淡泊，拒绝商业香火的熏染和诱惑。

每逢节日来临，人们会来到塔下，与它说些藏在心里的话。即便是仰望一眼，心里都感觉到一股清风注入，让人宁静和踏实。

我进入寺院，见院内空寂无人，喧嚣远去，静得时间仿佛停止了，一声鸟叫都没有。我在院内巡视一周，看到沙门净慧和尚写的匾额，书法为行楷，字迹遒劲沉静，散发禅意，有超越尘俗之气。

寺院内红墙黛瓦下，开有大片鲜艳的红蓼花。此花在我居住的城市河滩沼泽处偶尔可见，当地人称其为水蕲，是一种古老而又吉祥的植物。

历代文人吟咏红蓼的作品多不胜数，我选了一首清代女词人沈榛写的词《南柯子·蓼花》，觉得其对红蓼的描绘可谓形象生动，入木三分：

野岸依幽渚，寒波浸碧空。

数枝蓼蕊吐芳丛。

雅淡红妆醉舞、向西风。

赋色虽多别，含辛总自同。

寂寥低映水仙宫。

弱体轻盈常傍、小桥东。

慢 火 车

　　我已有至少十年没乘坐慢火车。在卧铺车厢，一位阳光顽皮的八岁小女孩与我相邻。她活泼好动，瞪着一双黑亮的大眼睛，问："你要去哪里？"我告诉她去乌乡。她问乌乡在哪里，我说乌乡是个好地方，那里有一万亩波光粼粼的湖水和抽穗的水稻。

　　天色渐暗，慢火车在风雨中前行，运行状态平稳，竟让我错认为是坐在一幢房子里。透过茫茫雨幕，我看到天上乌云密布，似有一只手在敲打车窗，砰砰砰。

　　在这些声音的催眠下，我睡着了。当我醒来，火车已经安然运行了三个多小时。把头望向窗外，我看到了夜色笼罩下的原野和山峦：灯光、绿树、田野、小径、花园、楼阁、凉亭、水波……一一掠过，尽收眼底。奇怪的是，我为什么要乘坐慢火车呢？一颗早已习惯了高铁速度的心，会觉出自虐。我想起20世纪80年代的绿皮火车，一声闷叫自山坡对面传来，若老牛的胸腔发出嘶哑的低吼，呜呜呜——哐哧哐哧——呜呜呜，钢轨震颤大地，山这边的人要等好久才会看见车头出现。它行动迟缓，似手扶木犁在耕作。闷叫过后，车顶端喷出如墨鱼汁似的浓烟，向四周扩散，好像在宣告：火车来了，火车来了。

　　幻觉中，秋天肃杀的大地在移动，荒地上走着弯腰拾柴的老人，闪过枯枝的手，雪白的芦花，以及一排排五线谱似的高压线。

不知怎的，这场景让我想起铁凝早期的小说《哦，香雪》。事实确是如此，火车改变了偏僻之地的生活，它让那里的人们知道，世界上除了马车、三轮车、拖拉机和敞篷车，还有另外一种载量巨大的物体。透过车窗，他们看到了异乡的形象：一张张陌生的脸孔，长着不同于乡亲的模样，老者戴着老花镜，青年留着长发，女子涂着口红。

……

然而车到站，我不得不从回顾中醒来，又乘上去乌乡的客车，行进在高速公路上，客车比慢火车速度快。车内响起了轻音乐和邓丽君的《小城故事》《甜蜜蜜》……司机师傅热情地向我介绍乌乡的风土人情。

写到这里，我要省略掉住宿、晚餐一类的琐碎细节，单说乌乡的夜晚。出乎想象的是，乌乡的夜空星星缀满，垂落到山顶，寂寥而空旷。相比燥热的城市，这里街道清寂；路旁的灯花兀自落寞地开放，光芒不时被茂密的枝叶遮住；街道两边的屋舍低矮，烟囱醒目，散发着简朴安宁的木质气韵。客栈外的小湖畔，被一层缥缈的薄雾缠绕；而我的身边，是一溜排开的街巷，偶尔会有一个身影一闪而逝。居民在小巷点亮一盏日子的灯，只需打量一眼，就能感知从那里冒出的烟火气息，写满了宁静和安详；小店铺、油条摊，甚至连小学门前的电动车存放点，都散发着可感的温度。

被鞋底磨亮的路面，隐藏着时间和血汗的信息，这是人类生存劳作的印记。望着幽暗的灯光、摇动的树影，一种久违的亲切感涌上心坎，眼前瞬间幻化出一幅春天的画面：小雨初歇，阳光洒满街头，槐花米散落一地。

当夜，月光如水，门廊下有不知名的虫子在叫。睡在客栈的窄床上，我感觉到阵阵轻轻的摇晃，在车厢里做的一个梦，竟然又接续上了。

草垛里的秘密

　　背倚草垛，脊背渐渐温暖，故事在铺展，眼睛紧紧盯住画中的人物，就这样一页页翻下去，不理睬黄昏的来临——这是一个小镇少年躲在仓房一角读小人书的情景。那一刻，夜幕渐渐降临，树梢上出现了颗颗寒星，屋子上的黑瓦被露打湿，赵家的狗在木栏里叫起来，叫得人心慌。

　　我当然没钱买小人书，它们大多是父亲在春节时从县城带回家的，也有走亲戚时从小舅家讨来的，还有从伙伴间互相交换获得的。有的没了封皮，有的没有封底，把它们摞在火炕的一角，看起来像一只魔盒，打开即呈现一个梦一样的世界。

　　小人书的奇妙在于图文并茂，有些由电影印制而成，随手翻开即鲜活的画面，讲述的内容大多是战争年代发生的故事，正是小人书让我知道了世上有一种似乎很好玩的叫作打日本鬼子的游戏。《红灯记》讲的是铁路工人兼地下党联络员李玉和与日本宪兵队队长鸠山之间的搏斗，《智取威虎山》讲的是侦察英雄杨子荣与土匪头子坐山雕的周旋，《上甘岭》讲的是中国人民志愿军与敌人展开的战斗……"战争"是我那一代人在成长时期接触到的最早的词语之一，同时进入记忆的还有"千万不要忘记阶级斗争""农业学大寨"和"工业学大庆"。对当时的孩子们而言，影响至深并为之神往的当然是战争场面——英雄们手持大刀，向鬼子们的头上砍去，万分痛快。而小兵张嘎和小英雄雨来，差不多是我们那一代孩子的集体偶像。合上小人书，我们恨自己生不逢时，恨不得把自己打回娘胎，一降生就赶上遍地硝烟的烽火年代，好去投身战争，不惜牺牲一切以身报效祖国。只要能够成为众人仰慕的英雄，生命算得了什么！生命就是为理想而存在的，否则还有什么价值可言呢？我们要去前线打仗，要成为杨子荣、李玉和、郭建光；我们要去保护势单力薄的李铁梅，她的爸爸和奶奶都被日本鬼子杀害了，往后的日子可咋过……寒冷的冬夜，北风呼啸，我们在土炕上辗转反侧。在冰窖般的被窝里，我们甚至学会了与小人书中的人物对话，每天幻想着他们会从画面里走出来，突然出现在土炕和灶前。

自那以后，李铁梅成了一个少年人的偶像，因为她是"穷人的孩子早当家"的榜样和典范；还因为她美丽勇敢，小小年纪就承担起了革命的重担，用生命保护住了至关重要的"密电码"。她穿着打着补丁的红花棉袄，手提号志灯，穿行在长长的铁路线上，承袭了父亲的坚贞不屈和爱憎分明，这是战争带来的考验——她的目光里喷着愤怒的火焰……

多年过去，1987年2月，李铁梅的扮演者刘长瑜来我所在的城市演出，这使我得以见到少年时代的偶像真容，尽管其本人与样板戏和连环画中的形象出入较大，但仍然让坐在台下观看演出的我激动不已。

这是时代造就的偶像，如今的孩子们大概很难理解。直到长大成年了，我们才知道真正的战争有多么残酷，纷飞的子弹与小资的罗曼蒂克没有丝毫关联，如果出生在一个战乱年代会是多么巨大的不幸，战乱会把人们所有的梦想碾碎。

一个人的童年会有许多秘密，但在仓房的草垛里读小人书的秘密最是难忘——当夜幕完全降临，冷风吹过草垛，一个孩子依依不舍，从草垛里爬起来，仿佛脱离仙境。此时，月亮已经升上小镇的屋顶，赵家的狗又叫了两声。

西南角的瓮

老家仓房的西南角，摆放着一口棕色釉陶瓮，它口小肚大，黑幽幽的，一眼望不见底。每次看见它，都会引发我的好奇心，觉得其中藏匿了无限的奥秘。直到有一天，知道它是一种盛放谷米或食物的器皿，我一度失望透顶。

谁说人的童年无忧无虑？那时候的烦恼一点也不比成年人少，而且直击痛苦的决堤口：丢了一张漂亮的花糖纸，要哭一场；被伙伴偷去一张影星照，要兴师动众地去讨回；在年节里说了一句不吉利的话，挨了母亲一记耳光，要号啕大哭。

每当这个时刻，我会独自躲进仓房，把木门关严，以防有人发现自己哭泣的样子。在确认安全后，我悄悄地蹲在西南角的瓮前，企盼从中飞出一个小神，把我救出眼前的苦海。只要他说一句"跟我走吧"，那么，无论去世界上任何一个地方，我都会义无反顾，从小镇上消失。

"小神……小神……"

"快快出来吧，带我走……"

仓房外下起了雪，木窗棂上的粉帘纸破了，被风吹得呱嗒呱嗒响。

当时我力气太小，还搬不动一口结实的瓮。把手伸进去，也根本摸不到底部。我当即认定瓮是没有底的，它是一条神秘的暗道，通往镇子以外的河流。如果能够把身体置于其中，人就可以像鱼一样游走，游向大海，游向传说中的天堂。可惜，我的头又略微大了一些，被小小的瓮口挡在了外面。

开始写作后，瓮的形象一直在我的记忆中挥之不去，我觉得它更像是魔法师手中的道具——我将瓮与写作联系起来，是"从小处入手，以小见大，从一颗露珠中见世界"的创作理念。而写作者的本领，即在于能够让原本普通的事物散发出神秘的气息，比如一口粗陶制作的老瓮。

瓮不像水缸那样直白，一览无余，也不像玻璃那样脆弱易碎。除了美好，它还有勇气直面和接纳生活不美的一面。在品格质地上，它不是铁，但接近铁。

独木之舟

其实，读博物恰如看电影，或者翻阅一部史书，在短短的时间内，即阅尽天下沧桑变化——地理、政治、经济、文化、历史……彼时的公序良俗，沿革发展，生活情态，人类在某个时期发生的大事，诸如战争、地震、瘟疫、旱涝、迁徙与逃荒等。世间万物自成规律，却有一个渐变的过程，连接着逻辑、知识和常识。万涓成河，最终汇入人类经验与智慧的海洋。你会发现，太平宁静的日子何等弥足珍贵，丰衣足食的民生是最美好的时代注脚。

而此时的我，正在莱州博物馆的展窗前流连，沿着透明的走廊，感觉到自己越来越小，最终缩小成一条小小的银鱼、一个飞翔的箭头，洄游或穿越到遥远的古代——那时候，我兴许是古莱州山中龙兴寺院里的少年和尚，每日敲打木鱼，挑水劈柴，清扫院子里的落叶和薄雪；在北风呼啸的冬天，用木炭烤火取暖，饿了就煮几个土豆。我用过的器皿大致如下：木钵、泥盆、铜镜、瓷碗、油灯、古琴和手炉；我读过的经卷已经泛黄，墙壁上的一只蜘蛛守候我度过漫漫长夜，案几上的拂尘扫去经年尘埃……

收拢思绪，我从沉思中惊醒，眼前掠过讲解员比画的手指，掠过古老的陶罐、冷兵器、青铜簋、老盐印、鼓楼街的牌坊，以及西汉灰陶马、魏晋陶虎子……

最后，我的目光在一只独木舟上停留，我久久陷入遐想——古莱州作为隋唐时期即已闻名遐迩的造船基地，自然是什么形体的船只都可以造得出来，包括结构复杂、设计精巧、运行平稳的大型船只。这些古老的船舶可进行海运，也可作为军舰，守候港口、海域一方平安。

但呈现在我眼前的这一只独木舟实在是太漂亮了，堪称一件精美的艺术品，通体散发着浑圆、厚朴之气。它整体由一棵粗壮的大树刳挖而成，长达 6.99 米，宽约 0.9 米……这些都不重要，我脑海里产生的疑问是，究竟是什么样的匠人，耗尽心力，制作出一只如此美丽的木船？一千五百年过去，长久的地下埋藏，也没能损毁它坚硬如铁的质地。船身上的纹理还在，楠木的香气还在。在我看来，它似乎与实用无关，却与天上的弯月有关，与一首诗有关。

它不适合匹配一把普通的木桨，它更像一盏灯，照亮了整个光线幽暗的历史博物馆。

云峰山的亮光

　　远远望去，云峰山上似乎有一道亮光，像雪线闪烁，映照周围的山脉，晶莹灿烂。而眼下正值初冬，秋装还在身，半岛的天气忽冷忽暖，第一场雪还没有下。云峰山管理处的人笑着说，那不是雪，是郑道昭的碑刻在显灵。我听了，哑然失笑。

　　一方被烟火熏染过的古碑刻惊动天下，它具有触景生情的功效，能够在瞬间架起一条消失的黄土色道路，让人乘一辆缓慢的马车返回从前。碑文中储藏着酒一样浓醇的魏晋气度，让人饮后长醉不醒，如陶公笔下"问今是何世，乃不知有汉，无论魏晋"的境界。

　　这是我在读到郑文公碑后的一点真实感受。

　　莱州云峰山，俗称笔架山，位于城东南，海拔不过三百余米。山上积满金色落叶，耳畔有鸟叫。我没有登上山顶，此行仅为郑道昭的碑刻而来。碑在半山腰，攀至遗址似乎没怎么费力气。欣喜的是，闻名天下的《郑文公碑》，历经一千五百余年的风雨剥蚀，仍然原汁原味地呈现世间，尽管有些字迹已显模糊，透着岁月的残痕，但有先人与当世专家考证在侧，通篇译文完整无误。不管怎样，如此精美绝伦的魏碑书丹，堪称中国书法史上的一块绝璧。难怪康有为对《郑文公碑》给予极高评价，称其为"魏碑圆笔之极轨"。古今中外的书画家们，更是对这块碑刻推崇备至，使其成为参访打卡之地。诸如舒同、赵朴初、刘海粟、启功、沈鹏等书法大家，纷纷慕名而至，在云峰山留下墨迹。

　　史载，《郑文公碑》系崖刻碑，刻于北魏宣武帝永平四年（511年），记述荥阳郑氏家族历史及郑道昭父亲郑羲生前事略。碑刻为时任光州刺史、书法家郑道昭书写，其结字宽博舒展，笔力雄强圆劲，有篆隶意趣相附，为魏碑佳作，世代书帖。清代书学理论家包世臣如此评价《郑文公碑》："北碑体多旁出，《郑文公碑》字独真正，而篆势、分韵、草情毕具。"由此可见，《郑文公碑》书体不拘一格，汇集中国书法大成，具有鲜明强烈的原创之风。

　　在整个莱州半岛，郑道昭的名字可谓家喻户晓，从某种意义上说，郑道昭与莱州互为荣耀。遥想当年，郑文公在撰写碑文之时，无论如何都想不到，这一举动会让其身后声名大噪，传之后世。

　　而在我看来，《郑文公碑》的价值不在其内容，而是书丹艺术的魅力本身让其大放异彩。苍劲有力的魏碑体书法，吸引了多少当世书法家临摹效仿！它让这一缕文脉香火燃烧至今，如烟如梦，连绵不绝。又如一坛老酒，其中有物，其中有像，令人恍兮惚兮、半醉半醒。

瓦匠与织机之梦

　　黑色的瓦，幽暗的瓦，被一阵微雨洗亮，顽皮的雨珠跳跃，滚落，叮当有声。这是黄姚古镇的瓦，它们在古典的屋顶上发光。从宋代至今，它已经存在了近千年，见证了多少历史沧桑。我看到雨滴像小兽在瓦上奔跑，而时间的影子在瓦上凝固，旧铜钱一样层层叠叠。

　　其实，这是一些极其普通的瓦，上面没有文字，没有图案，自然也不会招来考古学家们的探究兴趣。它们在出窑时只不过是一片片青瓦或灰瓦，被多年前的瓦匠精心铺设在屋顶之上——瓦匠活是一门古老的技艺，瓦匠在干活时打着赤膊，累了喝一碗大铜壶里的油茶。到了夜晚，他们一头扎进黄姚遍地的水塘，然后扎进梦乡。月光晃晃，他们的鼾声在石屋或木楼下的水塘激起波纹，他们做的梦属于农耕时代，是宋朝的梦、元朝的梦、明朝的梦；梦里闪动着客栈酒肆里猜拳行令的场景。潇贺古道上兵荒马乱，难民与士兵流离失所，乞丐伸出破碗……其实，我猜想瓦匠们梦中出现的更多事物，是古镇的节气变化和人情风土，婚丧嫁娶和一日三餐。他们的生计依赖于古镇，他们的梦寄托于一片瓦。

　　如今，瓦面表层的青灰色早已褪去，像一切自然之物的剥落，蜕变为黑色，一片青瓦自此完成了自己的命运，得道成仙。我想，这是多么庄重古老、永远不会戏谑的颜色。它让我联想到两天来在黄姚目睹的一切物象：古戏台、柴炉灶、黑水牛；岁月的烟火把门廊熏黑，把郭家大院和"金德庄"的牌匾熏黑；脚下的石板路闪着黑釉色的光，百年老梅树黑色的枝干依然开出血一样的花朵，令我感慨；而当我踏进古巷，一只始终尾随我的小黑狗，摇动尾巴，它太像我小时候喂养过的那一只了。它眼睛里有热泪，欲言还休，似乎在迟疑中辨认前生的主人。我忍不住弯下身来，紧紧地抱了抱它，口中发出一阵模糊不清的话语，大概只有它能够听懂我混乱的表达。我说："小黑，是你吗？四十多年了，没想到你在这儿快乐地活着……"小狗伸出思念的舌头，郑重地点头，一股熟悉的麦草气息扑面而至。泪水不止，我想诉说在它离开后，我在人世间经历的所有悲伤的过往。这是在黄姚古镇发生的真实桥段。

在黄姚，我还发现一个奇妙的现象——即便一座座妩媚的山峰，也像被画家泼了一团水墨，从任何角度观察都像是一幅天然的写意画。这让我浮想联翩，觉得古镇上空的每一场雨水，都经过了上苍的亲手调制，神灵手持调色板，种下一块艺术试验田。当然，最难忘告别黄姚的那个夜晚，我从古巷子里走出来，一抬头看到了远处高高的穿岩洞，我为眼前的景象大为诧异——穿岩洞像一只穿山甲穿山而过，留下一孔洞天奇观。微妙的是，我的头顶上方细雨蒙蒙，而穿岩洞外却繁星满天，它们像两副神秘的星象棋盘，与古镇构成了两个迥然不同的世界。

而那些黑色的瓦，油亮的瓦，经过夜雨的润泽，正在一阵织机声中发生微妙的变化，从瓦缝间钻出植物的幼芽。植物在春天里的每一次拔节，都巧妙地增强了整个古镇的芬芳诗意、迷离与梦幻效果。而深夜的织机之声，来自古镇瓦下的某一幢屋舍，它和滴答不已的雨声杂糅混合，搅在一处。

脸孔藏在榕树的身上

　　有人曾说，人类的财富藏在哪里，人的心思就在哪里停留，而黄姚古镇的财富究竟藏在哪儿了呢？除了古老的瓦和瓮、织布机、石桥和水车，古镇里被历史踩得光滑明亮的石板路最值得怀疑。我在想，像在我的家乡山东西海岸沙滩，随便掀开一块礁石，都能发现潜伏其中的活蹦乱跳的鱼虾——如若掀开黄姚古镇的任何一条石板路，下面埋藏的应该是一片白花花的银元、地契、藏宝图以及青花瓷器。这让我瞬间升起一种古老的荣誉感，认定美元、英镑、欧元，都不如叮当作响的银元实诚，银元手感超好，让人心踏实笃定。事实确是如此，在清除包浆后，银元依旧闪亮如初，对着它吹一口气，便会听到悦耳的微响。它们曾穿越古老的茶马古道，跟随山间马帮队翻山越岭，乘坐牛车和木船，一次次躲过战乱、抢劫、地震、火灾、冰雹与山体滑坡，绕过贪婪的算计与交易阴谋，最终抵达一处安全之所，这就是人类的福地——黄姚古镇。

　　埋藏地下的银元让我想起另一个类似的场景：古镇的藕塘里，几条汉子从淤泥中捞出雪白的藕、雪白的鱼和雪白的石头。

　　听镇上的老人说，当年狂妄的赌徒跋涉千里去到外地，终归还是要还乡，他们输得很惨，走投无路，身上只剩下一条短裤，腰间挂着一个酒葫芦。一些人趁月黑风高回归故土，在百年榕树下大醉一场，倒头睡去。第二天醒来，他们惊讶地发现，除了古镇的香樟树已经长大长高，故乡的一切都没有改变，空气中仍然飘荡着炒黄豆的气息。乡亲们见了他，像昨天刚见过面一样地打招呼，操一口浓重的黄姚土话问："腮饭缅（吃饭没有）？"浪子听了，热泪滚动，自此不再离乡，死后被埋葬在大榕树下或者青青的竹林里。

黄姚方言成分复杂，有贺州客家话、苗族话、壮族话、瑶族话等，而古街上通行的话，似桂柳话。几年前，昭平白话被选入"中国语言资源保护工程"项目，将昭平方言永久性保存在国家语言资源博物馆内。

隐逸是黄姚古镇的主基调，与之对应的是陶潜的诗篇，它是文人们的温柔乡，隐士们的打卡地。一座美丽的古镇，隐藏在山重水复与层峦叠嶂之中，芳香四溢，一晃便是近千年，使之与古老的文脉没有断裂，给人一种视觉与情怀层面的穿越感。这是黄姚的真正价值所在。

为躲避战乱，许多知识分子和艺术家来到节奏缓慢的安全之地黄姚。他们在此休养生息，养病疗伤，考察与创作，或完成革命工作。他们风尘仆仆，身着粗布长袍，手里拎着一只磨破的皮箱。在颠沛流离的时代，他们曾走南闯北，灵魂与肉体饱经风雨的剥蚀，最终选择在黄姚落脚，求得一时安稳，播撒火种。在黄姚旧址纪念馆内，我看到许多在现代史上赫赫有名的人物与黄姚结缘：何香凝、梁漱溟、千家驹、欧阳予倩、高士其……他们给黄姚留下了宝贵的精神遗存，至今还在贺州一带流传——绘画、戏剧、诗歌与电影，影响广泛。科普作家高士其于1944 年来到黄姚，居住了近一年时间。在告别黄姚时，他写下著名的诗句："别了，黄姚——我们避难时的保姆。"

如今，这些卓越的人物早已离世，但重情重义的黄姚人却没有把他们忘记，时时将他们的名字挂在嘴边，刻入石碑。在酿酒坊，在豆腐店，在年节里，黄姚人会挂上他们的画像，点上一炷香进行怀念。有人说，某一株大榕树上的"面孔"长得像某位艺术家——他并没有走远，而是把自己的脸谱藏在了树身，他的灵魂属于黄姚。

文火，或木炭之火

　　文火微微燃烧，一个老锡壶嘤嘤而歌，这是黄姚的冬天，几乎不下雪，但天气仍然阴冷，冻得人缩手缩脚。这里没有煤炉可供取暖，而木炭的品质是寂静和不张扬的。在有月光的夜晚，家家户户的黄姚人围木炭而坐，讲述消失在时间深处的故事，美好的人与往事。性格偏柔的黄姚人，保持着在灯下与亲人谈心的习惯。在他们看来，世间的一切名利都会像鸟儿一样飞走，太多的人被野心和欲望所害，而一家人围炉取暖的幸福最为重要。在他们的认知中，人活一世，为一株树而来，为品尝水塘里的荸荠而来，为吃一颗黄皮糖而来，为能在姚江边的石跳桥上走一趟而来，为雨后鲤鱼街上光洁照人的石板路而来，为能在人群中找到所爱的人而来……瞧啊，生灵是多么固执，恰如与采风团同行的"毒舌"作家周晓枫戏言："黑夜给了我黑色的眼睛，我却用它来翻白眼儿。"

　　而谈心，是个久违的词语，它让我想起微风中沙沙作响的竹叶，远离尘世的浮躁与喧嚣，细雨绵绵渗入，拙朴内在而又走心。它像一株美丽的异木棉，果子在寂静中悄然成熟，果壳炸裂后，结出一树的"小绵羊"。在木炭燃烧的氛围中，女人们纳着鞋底，浆着粗布，听着桂剧，创造性地做出著名的黄姚美食：黄姚油茶、黄姚豆豉、灰水糍粑、糯米蒸饺、酒糟鱼、老友粉、炒河粉、竹笋酿、豆腐酿、梭子粑、糯米圆子，以及各种果脯。这样的小吃美食都是用来熬冬的，它们注定会让古镇人度过一个不会寂寞的冬天。

整整两天，我与友人们都在悠长的古巷里徘徊，张开封闭的毛孔，感受古镇的底蕴，内心隐隐地企盼能遇到一个"丁香一样结着愁怨的姑娘"。但却没有，因为古巷太安静了，听得见人的脚步声和呼吸声，满眼尽是大红灯笼的魅影。

这时候，我们在一处幽静的房子里看到戏剧家欧阳予倩的一张年轻时候的照片，他英俊潇洒的形象顿时吸引了大家的眼球。作为一代戏剧艺术家，欧阳予倩在黄姚的时间并不太长，但他建立了自己的工作室，帮助黄姚成立了艺术馆，还在古戏台上演出了多出抗战名剧。而我在私下里想，欧阳予倩来黄姚时正值秋季，他办报、演讲、集会，围着长长的围巾，感冒了喝一杯黑糖姜水，他是否也用木炭烤火取暖呢？当木炭烧完了，他是否会将炭灰倾倒在池野河畔、屋前屋后，供家禽与飞鸟啄食、扒挠呢？

从某种意义上说，黄姚的地气给予了欧阳予倩很好的营养。离开黄姚后，他先后创作执导《孔雀东南飞》《桃花扇》等重要剧目。值得一提的是，其子欧阳山尊先生很好地继承了父亲的衣钵。

黄姚人重节日，讲究仪式感。年三十早上，家家户户做一锅香喷喷的糍粑，杀鸡宰鸭，置办丰盛的年夜饭，木几上摆放着花生糖、芝麻糖、黄精酒、柚子、柑橘、香烛、鞭炮等，全家人围坐在炭火前，待新年钟声敲响，便首先要对厅堂前的神龛祖宗、灶王爷、财神进行祭拜，献上敬畏之心。

过了年节，黄姚人还会迎接一个个祖辈传下来的活动，诸如庙会、提灯会、祠堂会、孔明灯会……这些民间风俗，营造出浓郁的传统氛围，成为孩子们难忘的童年记忆。

过了三月，围绕古镇的水汊子越来越绿，黄姚的春天真正到来了。人们熄灭木炭火，把灯盏点亮。

客栈：少年行

那一天，乌乡客栈里来了一位奇特的客人，他没有漂亮的行李箱，只有一个斜斜地挎在肩上的绿色帆布旅行包，凌乱的头发反映出一点流浪的迹象。而且，他看上去神情忧郁、心事重重，声音带有鼻音，瓮声瓮气的。没有人知道他从哪里来，要到哪里去。更没有人知道他经历了什么，以及他来乌乡的目的。

这个背挎包的少年就是多年前的我。

现在想想，我是经历了怎样的挣扎才做出一个冒险的决定的啊——我和父亲大吵了一架，如果不是母亲死命拦住，父亲手中的枣木马扎会准确无误地砸在我的头上。坚硬的枣木马扎是父亲顺手从炉具边抄起的，它在一种力量的驱动下变成了冷兵器，最终绕过母亲在空中乱舞的双手，砸碎了一个花盆。吵架持续一个小时左右，过程鸡飞狗跳，叱骂声传出好远。

"够了，够了。"这句话我念叨了整整一个晚上。我要离开县城，现在是时候了。

无论是乘坐汽车、马车，还是牛车，或者干脆步行，这似乎都不是问题，只要能果断地离开这个伤心地。当然，除了与父亲长期的争吵与对峙，还有其他一些原因。

彼时还是春天，胡同里墙头的槐花开得雪白，杨树的花被风吹得满街都是，天空还落下阵阵榆钱雨。在做出决定后，我要与一些事物告别。我先是来到自家附近的一座小石桥上，与桥下的河水对视良久，那里是我每天发呆的地方。桥下有一个大石头墩，我时常坐在上面读某位诗人的诗集，一些不切实际的幻想自此驻扎心头，观星望月。它们让我在县城成为异类，遭受非议。

从石头墩上站起身，我又以游荡的步态，在生活区一座低矮的平房前站住，透过门缝朝里张望半天，试图听到屋里的动静。院子里静得出奇，只有没有拧紧的自来水水管在朝下滴水，它阻止了我继续敲门的欲望。这是与我要好的一位同学的家，我时常在他家玩耍，享受阿姨做的美食——他母亲包的胡萝卜馅大蒸饺子特别好吃。因为我们两家居住距离不远，在同一个小区，去同学家蹭饭便成为常态。有时候天晚了，我就在他家留宿一晚，我们俩挤在一张窄窄的小床上，先是聊天，聊着聊着就睡着了。第二天，我回家取书包，家里人从不问我昨晚的去向，像什么也没发生一样。这是我少年时代的真实处境，没有关爱，没有嘘寒问暖，与生活在冰窖差不多。冬天里曾发生过一件小事：有一次，我在同学家住宿，那天夜里刮平流风，煤烟排泄不畅，鼻子里吸收了大量的一氧化碳，以至于第二天全家人包括我在内都中了毒；虽然不算严重，但连续两天我们都头晕恶心，没有食欲，走路摇摇晃晃。

自那以后，我便不在他家留宿了。尽管在当时，我的生命意识还没有完全觉醒，对死亡没有概念。有一个错误的认知是，我以为每个人的死亡不止一次，死亡是个游戏，可以重复好多次。

事实上，这不是我头一次离家出走。一年前的夏天，学校放暑假，我曾经赌气去了乡下外婆家，连续住了二十多天。事后得知，父母在我失踪三天后才开始寻找。他们的头一个念头就是给在故乡小镇信用社工作的舅舅打电话，摸清我的行踪后，母亲顺水推舟，说："就让他在那儿住一阵子吧！让他去田里干活，锻炼锻炼。"舅舅心领神会，第二天，就让我到他家的自留地里浇水、除草、打棉花杈，到打谷场上晒粮食、脱泥土坯等。多年后，这件事被我写进了一篇小说里。其中，有一段涉及舅舅形象的描述，复录如下：

"他矮小的身材像传说中武松的家兄，上衣兜里竟装模作样地插了一支钢笔，以显示他在村里还是个文化人。他下身穿着一条蓝色短裤，腚上却缝着个圆形灰色大补丁，看上去更是不伦不类。"

据说，舅舅看了我发表的那篇小说后，哈哈大笑。俄顷，把脸一沉，从此不再理我。

最后一处告别之地，是县城东郊河岸上的老电影院，那里藏着我少年时代几乎全部的好时光。至今记得在寒冷的冬日，我和某位同学头戴大棉帽子，在电影院前的巨幅广告牌下一边闲聊，一边等待售票窗口打开的情景。那是一个幸福的时刻，河道里响着冰炸裂的声音。

在那个年代，中学生离家出走事件并不新鲜，我的行为注定掀不起什么波澜。而且，对于这次出走，我父母先是惶恐和恼怒，而后是担忧和一丝愧怍。他们到派出所报了案，知道了我的下落，然后松了口气，很快恢复了正常的生活。

多年后，一家人春节聚餐，无意间说起这件事，父亲已然喝至半醉，解释说："我们找遍了你可能去的地方……最后根据你的性格分析判断，觉得你不会出什么事儿，于是就……"话音未落，我立马笑嘻嘻地接上话茬儿："于是就该吃吃，该喝喝。"父亲手端酒杯，表情略显尴尬。

有一个巨大的秘密，我从没向任何人说起过，它时常让我在心里掠过一阵窃喜，就是这次出走事件对我非凡的生命意义。这次出走不但构成了我此生首次跨省远行，还让我从懵懂中完成了最初的觉醒——在那个平平淡淡的春天，我从山东出发，直奔一千四百多公里外的吉林长白山区，投奔我的老姑。他们一家住在毗邻鸭绿江的白山乡下，那儿一年里有一半的时光处于严寒。当时，我的想法极其简单——哪怕在东北的亲戚家住上几天，只要能让几种事物在我的眼前迅速消失：父亲阴沉的脸、县城上空满天飞的谣言、爱打小报告的某同学、班主任投来的鄙视的一瞥，以及我不想看到的街道、矮墙、厕所、标语、羊肉店和杂货铺。

一路颠簸，我遭遇重重艰险，经历乘车、搭车、徒步、睡火车站、住桥洞子……有一天，我走在一条冷风瑟瑟的乡村公路上，眼前突然好似飞着一团蠓虫，我的头开始发晕，然后颓然倒在路边。东北春天的路畔还有大量积雪，是一阵风把我吹醒了，但我全身酥软到无力动弹。一位在大柳树下摆山货摊的老奶奶扶起我，在她茅棚似的家中给我做了一碗清水鸡蛋面。尽管那碗面忘了放盐，没有滋味，但却救了我的半条性命。

几天后，我终于抵达白山脚下一个叫乌乡的地方，我决定先住上两天，进行一番休整，再慢慢打听老姑家的具体地址。这才有了开头的一幕。当时，鼓舞我前行的力量是一个虚幻的画面：森林里的屋舍，燃烧的炉火，一家人围炉而坐，屋子里弥漫着炖肉的香气。

而住进这家简陋的农家客栈，当墙壁上的镜子里出现一个邋遢的人像时，我惊讶地张大了嘴巴。我把双手插入自己浓密的头发里，触摸到发根，它们已经像一团掺杂了泥土的乱麻，根本捋不开。我急忙跑进卫生间，拧开水龙头，随着阵阵水流的哗哗洒落，一股香皂和洗发液的气味让我重返真实的人间。

教 育 诗

　　在路上，吵吵嚷嚷的声音始终伴随着我，在耳畔回响，在心头纠缠。自有记忆那天起，父母的争吵便成为家常便饭，让我们姐弟四人几乎每天都在恐惧与担心中度过。我们害怕原本还在说说笑笑的父亲突然变脸，让空气降为冰点。最让我忍受不了的，是父亲指使我干活。比如拖地，他会在整个过程中盯着你，随时纠正你的动作，让你背生芒刺，浑身不自在。这样的结果是，原本极其简单的劳作变得复杂，以致紧张到出错，难以进行。父亲当时已经是县委重要部门的领导，他这种霸道的作风不知是从何时养成的，做他的下属日子一定不会好过。事实上，他把工作上的烦恼和压力一并打包，每天下班后带回家来释放，让整个家庭气氛处于剑拔弩张的高压状态。

　　在外人看来，我们是一个非常和睦幸福的家庭，几乎年年被评为"五好家庭"。这个家庭的表面是光鲜的：母亲每天骑着自行车到蔬菜公司上班，大姐和大哥早早进了工厂，我和弟弟在中学读书，一家人其乐融融，积极向上，让世人艳羡。谁也不会想到，在光鲜的背后，是幽暗的角落，父亲的霸道主宰着一切。父亲每天至少要喝掉八两白酒，如果遇到坏天气或者休息日，会喝掉整整一斤，他经常有预谋地把自己灌醉，享受醉酒后的愉悦幻觉。他经常在醉酒后骑一辆东德牌自行车沿环城路瞎逛，谁也不清楚他这样的举动是为了什么。至今记得，我与哥哥在大雪天的夜晚，去野外寻找他的情景：迷蒙的夜空，纷飞的大雪覆盖了道路，小城的建筑物隐匿在雪雾中，满眼都是大朵的雪花。雪落在我们的脸和头发上，很快就融化了，与口中呼出的热气混在一起，夹杂着咸涩的眼泪。我们身上的热量很快就消耗殆尽，脖颈和头发上都落满了雪，结成了冰凌。最终，借助手电筒的光线，我们在郊外的一个玉米秸垛里找到了他——他趴在玉米秸上酣睡，自行车歪倒在一米开外，附近是一片乡村墓地，覆上雪的坟头像一个个大白馒头，我们费了很大的力气才把他弄回家中。这样的事例，发生了不止一次。

奇怪的是，第二天一早，他准时起床，面无表情，洗漱后匆匆上班，像昨晚什么也没有发生一样。

对我而言，父亲始终是个谜。他是闯关东移民的后代，在东北的冰天雪地里出生，青年时代回到了山东老家。父亲及其家人颠沛流离，这让他成年后的性格执拗而顽固，看任何问题都很悲观。好在他智商很高，讲一口流利的俄语，在东北师范大学读的是数学系，堪称学霸。但要命的是，他的情商却低到接近于零，这让他在一生中做了许多匪夷所思之事。他传统保守，近乎腐朽，比如他不允许我们穿新衣服出门，说新衣服只能在春节时穿，平时要注意影响，要和周围的人一样穿打补丁的衣服，不张扬，不炫耀，不能有半点异于常人之处，老老实实地做一头牛或者一头猪，绝对不能做一头羊群里的骆驼。当时，姐姐已经进了邻县的国棉厂做工，正值她的青春时代，同宿舍里有四个爱美的室友。一向衣着朴素的姐姐见别人都穿着高领毛衣、笔挺的筒子裤，脚着油亮的皮鞋，腰肢和胸脯都线条毕现，婀娜多姿。唯独自己穿一身一成不变的蓝布工装，经常遭受讥讽和笑话。发工资后，她就偷偷地到百货商店买了一双新皮鞋——这是姐姐头一次穿皮鞋，而且还是猪皮制作的，皮面上布满了针孔大小的麻点，即便用整整一管鞋油擦拭也擦不亮，猪皮永远比不上牛皮。周末或休班时回家，姐姐害怕父亲发现她脚上的皮鞋，会提前把皮鞋藏匿起来，换上老旧的布鞋，她自作聪明地与父亲玩着周旋的游戏。

一天黄昏，我从学校回家，一进院子就嗅到一股紧张气息，空气仿佛凝固了一般。我看到姐姐正倚着门框抽泣，院子里有一棵火炬树，树下散落着一些枯枝残叶，旁边是一个正在燃烧的铁炉子，从铁炉子里散发着一股难闻的胶皮气味，浓黑的烟雾像一缕失魂落魄的游魂冉冉上升。我捂着鼻子朝炉子走近，看到姐姐的皮鞋有一只已经被焚烧成炭状，像羊屎蛋；剩下的一只烧掉了一半，气味就是从那里散发出来的。我迟疑着不敢进屋，隔着玻璃门，看到父亲铁青的脸。他坐在桌前抽烟，表情庄重，仿佛刚刚完成一项上天交办的重大使命——他不允许孩子们越半步雷池，寸步不能脱离他划定的圆圈。他肯定认为自己的教育方式是光荣正确的，说不定他早已把自己虚构为教育的楷模。而母亲也没有出门安慰姐姐一句，埋头忙着日常家务，为一家人准备晚餐。

当然，事后回忆，我也没有过去安慰姐姐，哪怕一句话，因为这种事在我们家太平常不过了，大家已经习惯了漠视。至于姐姐的皮鞋是如何被父亲发现的，则没有人感兴趣，大家只知道把几个人的智力加起来也斗不过一个父亲，他对任何事都明察秋毫。但我却牢牢地记住了那个初冬的黄昏：姐姐用肩膀倚着门框边的墙壁，头发散乱，闭着眼睛，完全不顾形象，伤心地哭泣，泪水涂抹了一脸。那一年，她二十二岁，正是一个少女爱美的年龄。在父亲严厉的管教下，姐姐从来没有年轻过，更何谈天真烂漫。她似乎一生下来就是一个心事重重的木讷女孩，成年后始终是一种中年女人的刻板形象。如今，几十年过去了，深深的伤痕依然顽固地在她身上留存，落地生根，至今也没能获得治愈。姐姐一路走来，跌跌撞撞：四十岁后，她患上抑郁症，每天靠服用氟西汀才能平静度过。

如今，姐姐早已从工厂退休，但她脑海里回放着的，依然是少女时代经历的那些伤心往事。诸如某一次父亲误解了她，将别人做错的事算在她头上；有一年冬天下大雪，父亲支使她去街上购物，回来的路上她将自行车骑到了路边的沟里，她伸出两手拼命呼救，差点儿丧命，但回来后得到的却是一顿指责……她反复念叨这些陈年旧事，企图向时间讨回一个公道，如果有人站出来表达一下歉意，她会释怀一切。但是没有，没有一个神来评判这些从前的对错，而造成这一切的罪魁祸首，早已在十多年前因病故去，化为一缕青烟。每年春节家人团聚时，姐姐都会像祥林嫂一样唠叨半天，以至于招来集体抗议和厌恶。只有我表现出极大的耐心和克制，因为我是当年事件的见证者，与她经历过同样的命运和心理体验。但我的能力毕竟有限，无论我怎样疏导，至今也没能消除她累积数十年的心结块垒。我在心里发出无奈的感叹："唉，可怜的姐姐，所有的人都在向前而活，只有你在向后而活……"

　　我忍不住泪目。姐姐的人生现状，戳穿了一个包装华丽的谎言，像父亲创作的一首失败的教育诗。教训惨痛，且不可挽回———一切都太晚了，唯一的人生不能从头再来。

　　在闪电般的记忆中，我的思绪又飞回到了那个遥远的春天：北方的荒野空旷无垠，大风呼啸，泥泞的道路被一场春雪覆盖。一辆缓慢行驶的马车摇摇晃晃，上面坐着一个流浪少年。路两边的枝条上结满了霜雪，马车车板上铺满了稻草，他脑海里出现的炉火都是幻想的画面——现实中没有地标，没有站牌，一望无际的道路没有尽头。

老姑的春天

　　东北的春天来得太迟，至少比南方要晚一个半月左右，这是我没想到的。吃早饭时，老姑对我说，大表哥去年冬天故去了，走的时候才三十多岁。大表哥生前是一位乡村摄影师，每天走街串巷地给乡人拍结婚照，出没于纪念日及婚礼现场。他长期过着不规律的生活，精神处于焦虑状态，结果突发脑溢血，倒在回家的路上，人们在篱笆前发现他时，他的身体已经僵硬了。大表哥的死，给全家人的生活蒙上一层浓重的阴影。

　　见我抱着肩膀冻得瑟瑟发抖，老姑说："若是你不嫌弃，就把你大表哥留下的衣服穿上吧。他的棉袄是去年新做的，只穿过一次，反正……都是一家人哩……"就这样，我穿上了大表哥留下的一件蓝色大棉袄，身上开始回暖。在简陋的露天厕所里，我无意间掏衣兜，从上衣口袋的夹层里掏出半包长白山牌香烟，不多不少，正好十支。它们残留着大表哥身体的气息，金黄的烟丝已经干透了，用手稍稍一捏，就变成了碎末。撕掉一层锡纸，我把好看的烟盒留了下来，仿佛它是大表哥留给我的一份小礼物。

　　那时候，老姑父刚刚从大兴安岭深处的劳改队回来，正在等待一纸平反通知书。他沉默寡言，表情严肃，一个人躲在睡房里抽烟，一待就是一天，对于我的到来，他似乎不放在心上。但我能感觉到，他看我的眼神还是和善的，眼睛里闪动着奇异的光亮。他是个不幸的人，因为"莫须有"的罪名坐了八年牢，先是在采石场劳动，最后几年辗转到林间伐木，该遭的罪都遭受了，是老姑的不离不弃支撑着他走了过来，只不过眼下的他，正处于精神疗养阶段。事后证明，老姑父是个绝顶聪明智慧的家伙，在他获得平反后，用补发的一笔钱做启动资金，随后迅速崛起。他抓住了改革开放的大好机遇，在白山脚下办起了养鸡场和厨具加工厂，在短短的时间内成了闻名全市的企业家。几年后，他把一家老小带进了省城，让我的表姐们都过上了城里人的生活。这是后话。

老姑一家住在一片稀疏的松林里，她性格倔强，气场强大。在老姑父离开家以后，她发现故乡人的目光里多了歧视，孩子们在上学的路上经常遭受欺辱。于是，她毅然决定离开故乡，辗转百里，来到一个叫桦甸的地方落脚。她找人看了风水，在林子里开辟出一块空地，先是盖起三间简陋的房间，后又陆续建了几间偏房，用作厨房和仓房，最后筑起围墙，让日子在艰难中向前滚动。

老姑说："这些年的日子，就像一只螃蟹在泥浆里抓挠，全身都是泥巴，真是难哪……这不，好歹快'扒查'到头了"。老姑的意思是她终于盼到姑父回家，夜航船即将迎来曙光。但偏偏在这个节骨眼上，儿子出了意外。

大表哥是家中唯一的男孩，也是全家人的希望。他的早逝让整个家庭陷入沉闷。但东北人的性格与山东人完全不同，他们骨子里具备的豁达豪迈，让这种凝滞的气氛很快消失。气氛的改变，是因为三表姐和屯子里的一位伙伴一起在林子里活捉了一头野物。她兴奋地推着一辆平板独轮车，野物被捆绑在上面。她推车进家门，大声嚷叫："妈啊，我逮了一只野鹿！"

老姑正在灶前和玉米面，她张开两手从厨房出来，扫了一眼，围着独轮车转了一圈儿，说："这不是野鹿，是一只狍子。"

这是我头一次见到不同于鲁西平原上的林间野物，它的头部有点像山羊，柔软的黑色鼻头湿漉漉的，眼睛里流露凄惶与惊恐，它油亮的棕色皮毛相当漂亮，全身上下布满雪花形状的点缀，像一件漂亮的毛衣……望着这只憨厚可爱的动物，我不禁动了恻隐之心，几度欲张口央求三表姐将其放归山林，或者干脆放到牛圈里豢养起来。但我初来乍到，对这个陌生的家庭并不熟悉，害怕说错了话，就在心里默默地为这只野狍子祈祷。但当地人有吃野狍子的习俗，觉得这种动物又笨又傻，是老天赐给人类的美食，于是在当天晚上，一大盆热气腾腾的狍子肉就摆上了餐桌。全家人其乐融融，有说有笑，像过春节。东北人讲究祭祀风水，开席前老姑点了三炷香，祭拜了"五大仙"，口中念念有词，惹得表姐们一阵讥笑。

老姑对表姐们说："过了正月，就没打过牙祭，这野狍子自动送上门，是来欢迎你山东弟弟的，今天大家都喝两盅吧。从今儿个起，我们都忘记所有的苦和烦。"言毕，老姑把脖子一仰，喝掉了手里的一杯酒。姑父一扫愁容，几乎是推搡着把我让到了主座，并且在吃饭的过程中不断给我夹菜，让我倍感温暖。多年过后，那顿丰盛的晚餐还牢牢地留在我的记忆中——除了香喷喷的狍子肉，还有炒鸡蛋、炸松蘑、黄花菜和著名的杀猪菜。

有一个细节我至今难忘：老姑在焚香祭祀时，倒了一杯烧酒，夹了一碗肉，转身去了里屋，把酒和肉放到大表哥遗像前——那张围着黑纱的照片被放大，在葬礼上用过。泪水在老姑眼睛里打转，但她始终没有哭。第二天，我特意去里屋看了一下，惊奇地发现大表哥的遗照被翻转过去，脸部冲着墙壁，朝外的相框背面，是一层粗糙的硬纸板。这充分表明，老姑一家人要放下悲伤向前走，从此不想再直视那一双忧郁和哀怨的眼睛。

松木的气息

　　松木的气息是小表姐带回家的——她从残雪里采来了一大把松枝，去喂柴房里的灶膛，或者给室内的壁炉加一把火。她蹲在炉火前，表情认真又专注。

　　小表姐年龄和我的相仿，十四五岁，可能只在出生月份上比我略大。那天老姑去乌乡客栈接我时，小表姐也去了，她围着一块红色的围巾，眼睛忽闪忽闪的，对世界充满好奇。刚开始我对她的印象极其一般，因为她走路时似乎从不走在路中间，而是忽而跳到左，忽而又跳到右。她长得又瘦又高，动辄把脚尖踮起来，给人一种不稳重的感觉。而且，她习惯性答非所问，让人觉得比较各色。我试图与之交流沟通，但很难说通。比如我问她："姐，你比我大几天？"她会答："小屁孩儿，这个重要吗？"眼睛上挑，飞来一个白眼儿。我问："姐，你的眼角上方怎么有一块伤疤？"她急忙用右手把右眼角捂住，很不高兴的样子，说："不许这么观察美女，不礼貌！"

　　我看了，更是扑哧一下笑出了声，因为她手上戴着的毛线手套破了洞，五根尖细的手指头全部暴露在外，结痂的冻疮也暴露在外。遇到类似的情形，老姑就在一旁插话解围："唉，你小姐姐太顽皮，小时候在磨坊里玩捉迷藏，前额磕到了碾子沿儿上。"

　　小表姐极不喜欢听人对她作负面评价，她把碗筷朝桌上一推，噘嘴起身离开了。我欲追过去，把她劝回餐桌，老姑却摆手制止："甭理她，她就那脾气。"

小表姐不只脾气坏，还有些地域歧视，这让我感觉受到深深的侮辱，差点跟她急眼。一次，全家人在吃饭时闲聊，说起山东老家小镇上一种叫呱嗒的小吃。老姑说她在东北出生的，从没品尝过山东老家的小吃，只听爷爷说起过。出于客套的礼节，我随口说了一句："老姑，等回老家去吃吧，吃个够。"处世老练又和蔼的老姑自然懂得一个孩子的心理，立即笑着答应了，说："明年全家人回山东上坟，去吃沙河镇的呱嗒。"我很高兴，因为虚荣心得到了满足。哪知小表姐听了，硬生生地甩过一句话："我不回那破地方，要回你们回……"话音未落，餐桌上响起老姑的大声呵斥："闭嘴！"

姑父的脸色也变得十分难看，狠狠地瞪了小表姐一眼。

我忍住没有说话，但内心被一种委屈、尴尬以及夹杂着难堪的羞愤情绪所充塞。我站起身，默默地离开了餐桌。拉开门闩，我来到院外的池塘边，倚着一株光滑的白桦树干，咧嘴哭泣起来，又怕被人发现，不等泪水流完，又硬是把眼泪憋住。在那一刻，我什么都想到了，脑海里飞翔着人世间所有悲伤的句子。

晚上睡前，老姑借口给我加一床薄被子，在床头坐下来，用手抚摸着我的额头，轻声安慰道："孩子，过些日子，我跟你回山东，让你爸爸不敢再欺负你……不要生小表姐的气，她在家是小疙瘩妮儿，被宠坏了，不懂事儿。你是个聪明的孩子，不要和她一般见识……"

我点点头，鼻子一阵酸楚。在那个瞬间，我想坐起身拥抱亲爱的老姑，但实际的行动，却是把头扭向墙壁，让泪水横溢。

这件小事过后，我有很长时间不搭理小表姐，即便她有意向我示好，我都无动于衷。比如，她在吃饭时给我夹菜，或者离得老远就给我一个笑脸，我都佯装没有看到。她在我心目中埋下了傲慢的种子——我决定不再理她，与她打一个持久的冷战，让她觉得我也有骨头里的尊严。

　　这是四十多年前发生的事了。多年过后，我曾经无数次反思此事，觉得这件事本不应该发生，是我的小心脏反应过激了。在那个年龄和境遇，哪怕一点微小的刺激都能让人感觉受辱，这当然与我在当时的成长状态有关，与父亲长期的压抑、扭曲教育有关，极度的自卑必然会导致心理城堡随时塌陷。试想，假如在当时我能够调皮一点儿，性格再敞亮大方一点儿，我就会用沉默做武器，或用嘿嘿一笑化解生活中遭遇的一切尴尬和冷遇，让对方觉得无趣，达不到他预设的效果。另外，拼死捍卫那个叫作沙河镇的老家真的那么重要吗？事实上它贫瘠而丑陋，地处古老的黄河故道，荒凉的平原上是一幢幢破旧的土房子。一辈又一辈的人从事农耕，风俗保守落后，土地板结到油盐不进，拒绝接收哪怕一股远来的活泉。

　　后来，我之所以渐渐改变了对小表姐的印象，是觉得她格外勤快。尽管她在家中受宠，却并不娇气，她把娇气转化成了泼辣的性格——只要有她出现的地方，必定纤尘不染、整齐有序，给人以赏心悦目之感。

　　清明节在一天天接近，小表姐把家中所有的玻璃窗都擦得锃光瓦亮，泥水换掉了一盆又一盆。她踩在一张高凳子上，忙上忙下，长了冻疮的手像一根水萝卜。我看了于心不忍，就过去帮她把地上洗过抹布的脏水倒掉，到压水井前换上一盆干净的清水，又到厨房里烧了一壶热水，掺兑到清水中，这样就不至于让她的手浸泡在冰水里受凉。小表姐知道我在帮她干活，也没说话，只是加快了擦玻璃的动作。擦完了玻璃，她又开始洗窗帘，打扫院子的角角落落，让整个院落焕然一新。做完了这一切，小表姐主动和我说话了，她吩咐我去厨房再烧一壶水，语调客气，我急忙点头答应，动作麻利地到厨房烧了一壶水递给她。小表姐说："还要给燕子清理一下鸟窝。"我听了一愣，有点傻傻分不清。

　　小表姐在凳子上又摞了一张小凳子，让我挽扶着将其压牢稳。她小心地踩上去，手持一把小铁铲子，把屋檐前头的燕巢清理一番，摘下燕窝前的一块小木板，用热水将其浸泡解冻，除掉上面僵硬的鸟粪。木板清洗干净后，被重新安装到燕窝前。说真的，在她做这一切的时候，我心里突然涌动出一种奇妙的感动，觉得她为即将飞来的小燕子想得太周到了——我的脑海里出现了一个积雪消融，燕子们在春天阳光下的枝头上叽叽喳喳唱歌的画面。

　　吃晚饭时，突然停电，老姑吩咐我去里屋橱柜抽屉里取蜡烛。我划着火柴来到里屋，摸到抽屉里有两包蜡烛，老姑又特意说了一句要点一根白蜡烛。借着白蜡烛的光，我发现大表哥的相框又被摆正过来了，相框前焚烧着三炷香，小表姐从林间采撷的松枝被摆放在相框周围。

　　联想到小表姐这几天所做的一切，我心中豁然开朗。烛光颤动，室内被一阵林间松木的清香布满。

第四辑　书与刀

被雷电击中的树

遇到雷雨天气，又有一株树被雷电击中——迷蒙的雨雾中，电光一闪，乌云逃散，只听得咔嚓一声，这株树便被腰斩，断为两截，树身露出残忍的内瓤，以及被粗暴损毁的纹理和碎裂的残片。你完全可以想象，如果是某种动物倒地，此刻它的心、肝、肠、胃摆在地上，血腥四溢。而此刻，空气中散发出一股焦煳味——树被雷劈后起了火，噼里啪啦地燃烧起来，树皮被火舌舔光，直到剩下半截光秃的树干。尽管，我没看到树燃烧时的情景，但能想象到整个过程所隐含的炙热与疼痛。

在森林里，这种现象虽然常见，我却感觉天地不仁，简直不可理喻，认为树太无辜，这样的事本不该发生。你想，一株好不容易长成模样的树，因为一场雷雨的到来，无来由地被摧毁倒在地上，自此成了林中废柴。仿佛这场前后只有几分钟的雨是专门为惩罚它而下的，而一株树究竟犯了什么错？我百思不解，一时摸不清自然界的因果和奥秘，只能妄加猜测，结论是这样的事只是上天的巧合而已，或者源于雷电本身的一次疏忽大意。

这意味着林中的任何一株树，都有可能摊上这种事，而这株被劈中的树是替众树挡了一灾——瞬间，它变得无私、坚韧而伟大。但接下来需要面对的现实是，它太年轻了，今后的路怎么走，是活着还是死去，都令人纠结和忧虑。如果还打算活下来，它就要克制住生长的欲望，至此不能和身边的树一样借助云朵直上九霄，而是眼巴巴、直勾勾地望着原本一起出苗的伙伴噌噌地往上蹿，直到树梢高得把群星揽在怀里，把月亮当帽子戴在头上。

由于树不能像别的生物那样可以自由走动，它注定只能向上生长，或者让身体日益茁壮，留下一圈圈年轮。这是树类的生存法则，否则，在森林里，它会变成一株让同伴们耻笑和鄙视的树。

更为残酷的命运在等着它——因为这场突发的变故，致使它失去树冠，失去了自由思维的头颅，失去了在风中骄傲歌唱的叶子，甚至失去了作为一株树的形象，变成一株似树非树的物种。

这意味着不管它以后多么努力，终生都不能长出繁茂的枝杈，也永远无法招来山雀、喜鹊和乌鸦前来作窝。

深夜，在冰凉的月光下，我听到一只不明就里的啄木鸟，用它尖锐的喙，无情地啄食它空洞、战栗、痉挛和悲伤的心房。

荒野的声音

"在你睡觉的时候，世界上发生了许多事。"

那一天，我在酒店里写作，脑海里突然冒出这句话。这句话像一粒种子在土中萌芽，拱动地皮，令我坐立不安。于是乎，我急急地套上一件厚厚的羽绒服，迎风出门。

门外正在沙沙地落雪。

森林酒店地处白山脚下，紧挨原始森林，给人一种极强的与世隔绝感。时值隆冬，全世界的人都在喜迎新年。整个酒店仿佛只有我一个人住宿，周围死一般的寂静，像进了一座修道院。一周前，我入住时已是夜晚，吃过简单的晚餐，独自一人在园内散步，抬眼即高大的水杉，树上挂满了节日的小彩灯，给人一种梦幻的感觉。东北大地上的空气凛冽而洁净，吸到鼻腔时通透、清凉而舒适，脚下的积雪沙沙作响，伴随着踩碎薄冰的快意。

每年都有几个这样的夜晚——在最寒冷的几日，我自千里之外而来，只为体验一下此刻的寂静与肃穆，听一听荒野的声音。在我看来，唯有这荒野的声音能够覆盖世俗的声音，因为世俗的声音太强大。有时，我们在天地间会突然觉醒与顿悟，决意要远离都市的尘嚣：浮躁的浪尖、欲望的乞丐、物质的奴隶、贪嗔的脾性……但当它们一旦遭遇世俗，就像一块冰遇到一块热铁那样融化了，被污染和屈服了。剩下的唯有盲从，像一个被时光绑缚的俘虏，尾随世俗的人流追赶道路的尽头。

路边是残破的屋舍、废弃的庙宇、破损的蛛网和陈旧的砖瓦，枯树映衬下的灰瓦屋顶上，悬一轮孤独的明月。

而此刻，能有一个迎雪而走的夜晚，多么重要。这是神灵的刻意安排，提示你的灵魂需要一次清洗，僵化的思维、陈旧的观念需要得到更新和升级，就如同发动机、滤清器、呼吸道需要一次保养，大地、河流与季节有了新一轮的苏醒。

在这个落雪的夜晚，我不停地反思，关闭身体的感觉系统，陷入静默和深深的黑中。眼前是被雪映照得明亮的夜，道路坎坷不平，树洞里的松鼠和夜鸟早已熟睡；树影像列队的灵魂，伫立在苍茫泥泞的冰路上。

在自省与觉悟的那一刻，我听到了悠远的天籁之声：雪落在地上有一种声音，落在我的肩上也有一种声音，它细碎、微温又略带严厉，仿佛上天的耳语——雪落在心上化成了水，雪落在枯草尖上凝结为细碎的冰块。

草原上银子般细腻的月光

世界上的银子有粗糙与精细之分，乌拉盖草原的月光是一锭最细腻的银子：它像一泓溪水静悄悄地自明亮的银河洒落下来，母亲般地抚摸你的心脏，由不得你不凝望，由不得你不怀想，甚至由不得你不流泪。

在那一刻，时间静止成了固态，在宇宙边缘轰响的雷声，化作一阵亲切的耳语。草原上的鹰隼和喜鹊躲进了温暖的巢穴，身边回荡着乌拉盖河细碎的流水声——声音穿过草原的冰层，惊飞了岸边水潭中沉睡的乌鸫。

仰躺在蒙古包外的草地上，凝望夜空中这一轮饱满欲滴的明月和密密麻麻的星河，心完全被乌拉盖的月光迷住。

时光仿佛穿越回几十年前，我躺在故乡池塘边的凉席上，耳畔是阵阵蛙鸣，远处是从杨树林里传来的蝉声、风吹树叶声、说书艺人的打鼓声……往事浮现，像黑白电影一幕幕掠过——我的祖父年轻时曾是一名闯关东的流浪客，他先是从故乡鲁西平原来到长白山一带做伐木工，后来在一位老乡的撺掇下到乌拉盖草原养马场当马夫，还给当地牧民做些手工活补贴家用。正是因了这一历史渊源，家族里的亲人陆续来到乌拉盖投奔祖父，这便让我的童年也有了一段零星的草原记忆。较之故乡鲁西平原，草原上的日子虽然也苦，但好歹能吃上饱饭，草原上的野物多，能吃的野菜和野果也多，随便到草原上采摘就能充饥。

草原上白云悠悠，牛羊遍地，远离尘世的纷扰，大概也比较符合先辈们的内敛性格。

我头一次去乌拉盖草原大约在四五岁，被父母轮番抱在怀里。从故乡鲁西平原沙河镇出发，先是乘坐三天三夜火车到达长春，然后再转火车到通辽，一路颠簸。印象中有很长一段路是坐在马车上缓慢前行，最后才到达牧场——对年幼的我而言，这就像一条鱼游进了波光灿烂的大海。

而时隔四十年后，我又经过长途跋涉，一次次地来到乌拉盖草原，来到牧民格根大叔和乌兰阿妈身旁。

此刻，我的脑海中有千万个念头在飞奔，最后都化作了一个：月光做证，我不为矫情的寻根而来，不为演奏马头琴的恋人而来，不为远离尘世的喧嚣而来，不为人们猜想中的任何事物而来——换句话说，我既不是归人，也不是过客。

在草原上，我既不要一马车白银，也不要一马车黄金。

泥巢的消息

当年的我，曾经一厢情愿地以为，人世间有一座纯粹的玫瑰园。

年岁渐增，我开始放弃对世上大多数人怀抱的美好期待，而只求在人群中有几个同类就够了，就像在满天的繁星中，只寻找与你有缘，能够互相照亮并确认眼神的那几颗。

这样一来，我对生活的失望情绪变得越来越少了，快乐和欣喜像上涨的河水一天天多起来。它们哗哗地流淌，穿越山涧小溪，漫过一个个普通却又闪光的日子。

因为毕竟，作为个体的生命，我们的力量太有限——别企图去影响和改变谁，否则，最后躲在角落里独自伤心的那个人一定是你。那么，在活好自己的前提下，尽量多帮助和温暖几个身边的朋友吧。

每一次判断的失误，都让我沮丧不已，然后不停地反思，不停地自责……但这样能够改变事情的结果吗？

躺在深黑的夜里，我的脑海里浮现出做过的错事和说过的错话，因而原谅了所有人，推翻了一个个早已定性的事件，让对方收回所有的忏悔，为过去所有的自得羞愧。为每一个浮泛在路上的小聪明而愧悔；为每一次的暗自庆幸而感到羞耻；为获得了小赞誉，而后表现在心理上的虚荣与满足而羞愧。人，怎样才能做到谦卑而不自卑，自信而不让人误读为自负？

那一天，我在雨后的林间散步，无意间发现树根旁有一个蚂蚁们筑的泥巢，蜂窝状，上面缀满了小小的酒盅，又像一朵朵小喇叭花。我蹲下身来，生怕惊动了它们。细细观察，只见一支黑压压的队伍，正忙着推动一颗浑圆的土粒儿，它们堪称大地上聪明的技工，而不仅仅是人们认知中的搬运工或泥瓦匠。

我想，大概只有人类居住在坚固、洁净的建筑里，既安全舒适又可抵挡风雨，天晴了还可以开窗望月，浪漫吟诗。仅此一点，就让人类与其他生灵有了本质区别。而栖息在山林中的野生动物，几乎都睡在露天的野外，峡谷、山洞、树穴，更多的则是躲藏在泥巢之内。

要命的是，它们还要时刻警惕被天敌猎杀。英国动物生态学家埃尔顿最早提出了食物链的概念，他认为弱肉强食是自然界最本质的一环，各种动物间构成了一种吃与被吃的关系，永难改变。这让我"细思极恐"。

自那以后，我萌生了一个幼稚的想法——暴风雨过后，在关心楼下花草的同时，我也要听一听来自泥巢的消息。

雨天的书

　　闲暇的雨天，读一些旧书，会感觉是在与一些逝去的天才对话，诸如鲁迅、萧红、张爱玲、兰波、普希金、巴别尔、卡夫卡、马尔克斯、川端康成……他们是影响过人类精神走向的人物，他们曾经真实地活过、爱过、笑过、哭过、赞美过、愤怒过，和普通人一样烦恼不断——偶尔也会为一件微小的事争执、纠结。他们一旦离开，便再也不会返回人间。这些出色的生命，尚且走不出万物的循环，何况普通生灵乎？好在死后，有著作替他们活着，这是写作的全部意义。

　　我最钦佩列夫·托尔斯泰的是，他在七十余岁的高龄完成不朽之作《复活》，字里行间无丝毫衰老气象。这简直不可思议。只有非凡的生命才能完成这样的壮举。《复活》写的是一个灵魂再生的故事。男主人公聂赫留朵夫在青少年时代犯下过错，到中年终于悔悟，于是他到劳改营找到女主人公玛丝洛娃，用行动进行赎罪，完成自我救赎。在这部小说中，托翁把一种备受推崇的理想传达给世人——人的肉体是被动的，没有退路，只能被时间裹挟前行，但灵魂却可以一次次浴火重生，洗掉罪恶，触摸美善，正所谓"碎裂即绽放"。孔子还说过："朝闻道，夕死可矣。"

　　托尔斯泰的另一个壮举，是在八十二岁时离家出走，去追寻与内心契合的自由之路，这也是非常人能够做到的。普通人到了这样的年纪，一切都已经结束，只剩下回忆，往事的灰烬在暗夜忽明忽灭。而他的出走本身，是生命的呐喊，是一个强大灵魂在向外拓展的宣言。

遗憾的是，他毕竟年迈，体力与愿望严重冲突，最终死在一个靠近森林的乡间小站。我要说，这样的死，是上苍的安排，是时间的号令。一切伟大的死亡，其实是另一种活着，是新使命的出征。

如今，那个名叫阿斯塔波沃的小站，已经成为人们凭吊他的圣地。它也尽可能地保留下了当年的面貌：百年前的老式火车、旧水塔、老站房，目光如鹰隼般犀利的托尔斯泰塑像，以及他去世时的房间摆设，床榻、沙发、暖水壶、杯子……目力所及，都让人有强烈的视觉冲击力和穿越感——浓浓的深秋，树叶凋零，一阵带着血丝的老人咳嗽声响彻夜空。当生命运行到某个时段，一阵抽搐就足以让其毙命，肉体完胜肉体。至此方悟：人生并非一步步上行，所谓的巅峰不过是个伪命题，残酷的真相是人自出生那天起，即已乘坐时间的火车，一站接一站地远行，景物在车窗前一掠而过。从某种意义上说，人活着的每一秒钟，都通往春天的下一站。

当抵达终点，月台空寂，雨后的水洼点点可数，幽光把落寞的身影拉长。

古城月，万户衣

老街成了古城的地标，它容纳了太多的年代元素——青砖旧瓦的建筑格调，闲适恬淡的色香气韵，这让时间与时间有了区分，让人感觉行走在古街上的节奏是自己想要的节奏。而眼下的生活，快速而浮躁，一切都在被碎片化地肢解。

秋风拂面，眼前是被鞋底磨亮的街道，一想到脚下的石头曾经承受过古人布鞋或棉靴的摩擦，人就会不由自主地放慢脚步，心绪突然变得舒缓而宁静，在石板上走路的感觉会转化为享受。当然，并不是人有意要放慢脚步，而是周围散发的气场使然，石缝中潜伏的精魂让你远离喧嚣，嗅觉灵敏，目光明亮。

在古城的老街上走，鼻孔间始终萦绕着时光交错的混合气息。究竟是什么气息呢？说不清，反正需要慢慢品味，心里会渐渐浮升出一种感慨，觉得生命中有太多日子都被性急地狼吞虎咽，不能从头再来。

写到这里，我想说一下自己近年来心头平添的一种奇妙感受——在外出旅行或平常的日子里，我会被眼前突然呈现的某个景象惊呆，停下脚步辨识，感觉这画面散发着莫名的亲切感，似有前缘瓜葛，但又理不出一丝头绪。

"这是在梦里出现过的吗？"我自语道。

每逢此刻，我不由得停下脚步，问自己，问天空和时间。总而言之，我瞬间爱上了这个纯天然的画面，画面里要么有一爿古老的店铺，要么有一株枝繁叶茂的老树，或者干脆有一个模样古怪的人——这个人不论男女长幼，必须有分明的轮廓，看一眼就能记住。产生此种念头的时候，我会被自己的怪癖惊呆，心想，都活到这个年岁了，怎么还这么稀罕人间物事呢？怎么还爱着这平凡尘世的一杯水、一餐饭、河边炊烟或林间屋舍呢？好奇心、扮怪心、顽童心，甚至恶搞心都还牢固地在我的体内完好储存，它们被理性与世俗规则约束着，不至于随时爆发，让场面失控。而且，我还如此贪恋旧时光，觉得往事还会重来，发生过的一切都没有走远，它们俯拾可得。为此，我没来由地喜欢陈年旧物：瓷器、古灰陶、老宣纸、雕花砖和被烟火熏过的木窗棂。

除此之外，我还会突然喜欢上某一条街的某一段路，感觉这段路与我有关，要么隐藏着我生命或灵魂的信息，要么契合了我要命的审美趣味，街道也有 DNA 吗？为此，我会毫无来由地在这段路上来回行走，一趟又一趟，漫无目的，对街上琳琅满目的商品视而不见，对各种小吃美食熟视无睹。在他人看来，这个走来走去的人大概精神世界有些问题。一日，读郑板桥，看到他写给画家黄慎的七言绝句："爱看古庙破苔痕，惯写荒崖乱树根。画到精神飘没处，更无真相有真魂。"我读后哑然失笑，似有所悟。

白天，我领略了老街恰到好处的熙熙攘攘，参观了宋代画家的纪念馆和几家构成规模的画廊。建于康熙年间至今已有三百多年历史的园林庭院令我想起著名的苏州园林，在园内荷塘边写生的几位当地画家是有福的，他们企图用画笔留下金秋最后的妖娆，向世界传达一座北方古城的气场。金黄的叶子正在秋风中飘落，铺满了园内的石径，给整个园子布置出一种感伤的情调，乌桕树枝上的阵阵鸟鸣也渲染出秋季的哀愁。哦，时光荏苒，这氤氲的地气和干草香，让哀愁的水滴在落叶上凝固。

晚上，我游览完灯火璀璨的古城区夜景，在水波荡漾的背景下穿越一座石桥，转而进入古城散发着明清气质的街巷，眼前顿时掠过类似江南古镇的物景：红灯高挂，店铺迷离，游人三三两两，空气中弥漫着桂花和炒栗子的香味，不由得让人一阵恍惚，仿佛进入一座诗意的迷宫。

友人们在旁侧默默行走，始终没有发声。但当我们将要走出街巷的时候，一位朋友突然扯了一下我的衣裳，用手朝天空一指：

"看，月亮！"

我抬头仰望，果然有一轮饱满欲滴的月亮，正把古城一角的瓦檐照亮。月光似乎湿漉漉的，凝视人间，饱含深意。我在想，月亮有什么稀罕的吗？但她却让人类百读不厌，千年如斯，万年如斯。在这座古城内，这轮月亮曾经照过范仲淹和李清照，照过古往今来脑满肠肥的达官显贵，但她把更多的光芒留给了古城纯朴的百姓——天下百姓对月亮的热爱，是连接着柴门、炉灶和织布机的，与忸怩的风雅无关。太白诗曰："长安一片月，万户捣衣声。"

书 与 刀

　　对于张裕钊，人们或许稍显陌生，并不谙熟。但到了邢台，其大名却是无人不晓，几乎是路人皆知的，因为他在当地留下了一块保存完好的南宫碑。有了张裕钊的南宫碑，南宫成了闻名八方的书法之乡，它像一张南宫的名片。我看到家家户户的院门前，所有的楹联上的字都出自同一种苍劲有力的书体，这就是风格独具、自成一家的"南宫碑体"。而清代书法家张裕钊本人，无论如何都不会想到，在他人生暮年时所书丹的《重修南宫县学记》，会在百年之后，成为一方荣耀，令后世纷纷临摹效仿，承袭精髓，使世间独一无二的"南宫体"发扬光大，在人间流传，更让天下异乡客和书法爱好者们，因为一块石碑而对南宫投去几多艳羡的目光。

　　在城南旧村，人们流连于溪畔岸边，垂杨下支一张木桌，泼墨挥毫，为乡亲们书写吉祥、祝福与祈愿，以至于村村都有自己的书法家。人们被这一缕墨香濡染，习墨成风。无数当地书画家靠着这缕文脉香火，声名鹊起，因此走出南宫，走向远方。

　　那一天，阳光毒辣，我撑一把遮阳伞站在南宫碑前，细细地数算了碑文中的字，字字有筋骨，笔笔含神韵，正所谓"柔峻相间，融而化之"。不知怎的，此情此景，令我浮想联翩，思维穿越到百余年前。

　　南宫碑历经风雨战乱，却一字未损，令世人惊叹。无法想象，这一缕文脉能够穿越浩瀚时光，穿越自然灾害与硝烟烽火，完好如初地走到今天。由此我做出一个大胆的猜测——在某些紧要关头，南宫人是如何挺身而出，用心护卫一块碑刻的。

南宫碑荣耀了南宫，南宫又把荣耀还给了书家本人，让张裕钊成为书法界一颗耀眼的星辰。

而刀，是我在冀南革命纪念馆里看到的。那是一把冷兵器时代的大刀，做工与形制或许并不精致、考究，刀刃早已因赫赫战绩磨钝，刀身也锈迹斑斑，令我在瞬间感受到一种强烈的震撼——细细观察，它不同于传说中关羽使用的青龙偃月刀，不同于日本武士所使用的军刀，更不同于金庸先生武侠小说和现代影视剧中的任何一种刀剑。我知道世上刀具品种繁多，归纳起来可以写一部刀具志，比如著名的中国唐刀、哥萨克骑兵刀、苗刀、藏刀、缅刀，以及大马士革刀等。

而展示在我眼前的这种刀，属于红色兵器，系地道的中国出品的大砍刀。在战争年代，它曾经威风凛凛，砍掉过多少东洋鬼子的头颅！在战场上较量，即便是鬼子们颇为自诩的武士刀，碰上它也要退避三舍。它不像有的刀剑那样，用来做装饰和摆设，它来到这世上的唯一目的就是消灭一切来犯之敌，只有它，才把刀的深刻内涵，阐释得淋漓尽致。山东作家郭澄清先生所著的长篇小说《大刀记》，应该就是为此种刀具树碑立传，长长的书写，蔚为大观。远去的战争，对于当今的孩子们而言，已经难以想象：秋天的寒夜里，蛐蛐在叫，游击队队员们潜伏于野地土沟，肩上大刀闪亮，刀刃上尽是硝烟风雨。

回想童年时代，我的故乡鲁西平原一度盛行习武，镇上的男孩子几乎都拥有一把锋利的刀具，我们羡慕世上武艺高强的人，因为他们可以把大刀舞得飒飒生风，成为武林高手一度是乡下儿童们幼稚的梦想。值得庆幸的是，伙伴们长大后都没有机会与刀剑朝夕相处，和平年代让我们把全部心思给了书与笔，给了春天的播种与秋天的收获，换句话说，给了斯文，给了儒雅和岁月静好。那么，童年时代的舞刀弄枪梦，破碎也罢。

青岛碎碎念

樱花街

我永远忘不了那条短短的街。那一天，我和某老师在海边散步，海边的风很大，差点把瘦削的某老师吹得飞起来。出于安全考虑，某老师说："走，我带你去看樱花吧。"

那时候，赏樱的人远不如现在多，加之上天赐给了我们一个午后的好时段，整条街都是安安静静的，唯有微风阵阵吹过，樱花在静静地开落，蜜蜂有条不紊，很认真地飞，阳光也暖暖地投下斑驳的阴影。

我和某老师，一老一少两个身影在街上晃动。如今，多少年过去，在这条街上行走的感觉却被心脏完整地收藏，反复在梦境中出现，已经幻化成一幅水彩画：人间四月，芳菲未尽，山寺寂寥，钟声悠远。仿佛画页中掺和了酒意，让整条街铺满醉醺醺的花瓣，夹杂着一丝雨后的荡漾。

整个过程中，我都很投入地感受这条街的寂静和樱花的飘落。某老师则用他那一口儒雅的苏北普通话，介绍樱花会在什么时节开放，单樱开了双樱再开，或者同时开又同时凋零，以及写过这条街的文化名人：梁实秋、臧克家、闻一多……

而我陷入恍惚，想象着走到前面的拐角，在另一个街口，会遇到一辆马车或者一位银匠。

落叶的童话

那一年的十月末，晨起，从灰旧的楼道里钻出来，某兄带我去街上吃早餐。我们每人喝了一杯热豆浆，吃了一个茶叶蛋，外加一张葱油饼。餐后，某兄从衣袋里掏出钱包给摊主付钱，皮革质地的钱包看上去有点瘪，也有点破损。我想争着付钱，念头闪了闪，却没有行动。

可能觉得自己的钱包也不是太饱满。

头天晚上，某兄让我在他家的书房留宿，我们喝着一壶老茉莉花茶，聊天到凌晨一点半。墙上的时钟嘀嗒嘀嗒地响，大海在远处沉睡，窗外的路灯光线越发幽暗。

当时，我读书不多，听某兄滔滔不绝地谈文学、哲学和他的写作规划。那一晚，这些闪光的名字冲击我的耳膜：尼采、弗洛伊德、海德格尔、维特根斯坦……离开青岛后，在很长一个时期，他们成了我秉烛熬夜阅读、恶补知识的缘由。

离开早餐摊，我们步行来到八大关一带的海滩。海风吹散了我身上在昨夜沾染的煤烟和香烟混合的气息。

晚秋的八大关真是静，听得见一滴露水从叶片上滑落的声音。松鼠的尾巴在枯叶里窸窣闪动，俄顷，又转身探出头，一双黑幽幽的眼睛盯着你。

夏季的热浪和喧嚣已经消退，大海像一片丰腴的土地，承担了播种和孕育的使命。风暴与涨潮过后，大海终于被还原成一面亮闪闪的大镜子，或者一张抖动不已的蓝地毯。

如果再配上几艘红帆船，就是印象派画家莫奈的某一幅名作。

　　有一个画面令我至今难忘：归来的路上，我们经过一片白果树林，看到几个孩子在焚烧树叶，稀疏的林中，飞鸟喳喳叫；烟子淡淡飘散，飘向那座著名的花石楼，飘向虚拟的古钟、教堂、唱诗班，以及那些从人世间消失的车来车往。

　　然而眼下，除了这几个孩子，街上几乎没有其他行人。

　　日光照耀着这个童话似的画面，令我动容，并久久驻足凝视，不禁泪目——我多么希望时光能够倒流，让我成为孩子中最顽皮的那一个。

漂流瓶

　　那一年秋天，我从老火车站出来，坐上一辆出租车，径直去了一处偏僻的海滩——刚刚去他乡参加了一场热闹的聚会，我想独自发发呆，我的生命需要海潮的清洗和能量补充。

　　深秋时节的海滩已显露苍茫，海藻的腥气扑面而至，葡萄园浓郁、成熟的气息自远处传来。抬眼即见远处的岛屿、信号山、小鱼山、老舍故居等。

　　露水从天而降，万物走向肃穆。远处绿树掩映红瓦屋顶，两只白色的鸽子在咕咕叫。大地即将入冬的景象尽收眼底，其间有鸥鸟翔集，雨点噗噗地击打海滩，颗粒大小的雨珠，落入大海的玉盘。那一刻，我伫立在雨中，任凭细雨打湿衣衫和头发，而内心却静如处子，若月光下一个莲蓬结出的果仁。

　　一座海滨城市是经得起从远处静观的，这或许是我和许多人的感受，只有从不同的角度观察它，才会领略到一种区别于闹市的别样风情。尤其是须臾过后，细雨收脚，落日在海面之上悬挂，通红通红的，若纸片，用手指一戳即破，碎成打在海里的蛋花。

　　记得离开海滩之前，我在一堆碎石中捡到一个咖啡色的漂流瓶，拔下木塞，发现一张装在里面的纸条，没有日期和落款，纸条上只有一句英文，翻译成中文是一句祝福语：

"捡到它的人会获得幸福。"

我不知道这个漂流瓶的起始点，但我乐意收到一份这样的祝福，并以感激的心情祝福世上一切善良的人们。最后，我封好木塞，把它还给了大海。

崂顶月

"不来崂山，等于没到青岛。"

那是 20 世纪，我初游崂山，脑海里萦绕着这样一句话。此言出自何人之口，已难厘清，亦无须厘清。我当时还是个十几岁的少年，在鲁西平原的县城读中学；茂密的头发在五月的风中蓬乱如刺猬，舌头跃跃欲试，想去舔世界的锋刃，一点冰加一点寒。行前，母亲塞给我十几元钱，背包里装一包青食老厂产的钙奶饼干，一个军用水壶斜挎在肩上，悦耳的水声在壶内微响。到了崂山脚下，我看到满眼的水在溪谷中流，从石缝间向外溢，滴滴答答的，渗入一株古柏的根须。到处都是水，把溪沟里的石头洗得又白又亮，像一片水灵灵的植物。崂山的石头也有仙气。

那是我平生第一次见到大海。我看到海水是湛蓝湛蓝的，但不知道海水是齁咸齁咸的。于是乎，我毫不犹豫地把水壶里的水倾泼于地，与大海来了个掏心掏肺的交换——像孙悟空忽悠银角大王，我将一朵盛开的浪花忽悠进壶。

爬到半山坡时，我一阵口渴难耐，于是像战场上的英雄拉开手雷的引线一样拧开壶盖，滑稽的场面瞬间呈现，结果可想而知。这件事遭到同伴的一番调笑，后传播开来，成为那一年坊间排行榜上的一桩美谈。

十余年后，我与两位写作同道再来崂山，于黄昏时分登上崂山巨峰，但见满目乱云飞渡，鸥鸟翔集，夕阳欲沉还迟。暮色下万壑注满松风，星空伸手可及，胸中豪情万丈。面对大海，我大声背诵李太白的《将进酒》，诵毕仰天大笑，直呼痛快！忽而，往事席卷而至，忧伤漫上心坎，我欲把海水一口气咕咚咕咚地喝干，以消我一腔少年心事。

泪目的瞬间，山顶的明月镀上一轮朦胧的光圈，半夜不肯隐匿。

仙柏记

在崂山，作为一个远来的异乡客，行程虽短，当地的兄弟们却对我议论颇多——我掐指计算着某一艘渔船的归期和渔民一年的收成几何；关心北宅樱桃的口感与甜度，以及葡萄酒的酿造工序；四处打听崂山脚下古老的村舍里有没有马车和牛圈，有没有铁匠铺和裁缝店。总之，我希望工业文明的快车道，最好在山脚下戛然止步，或绕道而行，给喧嚣的人世间留下这方清风梳就的净土。

我站在老君峰下，面对那尊老子铜像久久发呆。这位哲人的目光洞彻万物，直抵时间的核心，甚至不错过崂山秋雨后一片被风把玩的落叶。在他的眼里，一个人与一只虫子是平等的，叶子的结局即万物的写照：从生长到消亡，有始有终，却又生生不息。

在太清宫，我在一株汉柏凌霄下突然变成一只老麻雀，喳喳喳，喳喳喳，食树下的草籽，喝叶片上的滴水。吃饱喝足，打个浅浅的饱嗝，扑棱一下飞上黑瓦屋檐。一片瓦残缺的半边，就是我终身守护的巢穴。而在遥远的某一年，先人们在石洞内修真炼丹，企图长生不老，但最终却没有任何一位活过一株汉柏。

康熙十一年（1672 年），三十二岁的蒲松龄搭乘东家的马车，慕名而来。他先入住王哥庄修真庵，后宿雨中青石涧。

第二天午时，蒲公在太清宫突发灵感，遂孕《崂山道士》，后觉余犹未尽，又写下《香玉》，故事背景皆取材于崂山。此刻，我看到蒲公飘然而现，他着一件青布短衫，手持蒲扇，目光忧郁落寞，视游人如无一物，侧身穿树而过，化为气体。

最后，我看到身为一只麻雀的我，突然从瓦檐飞到树枝上，它无法预测明天或更远，只好在死亡来临之前，无知地叫两声。

广场上的月光

该说说冬天了。那一年，我从鲁中的城市来青岛，适逢下雪，海滩上一片白。打车途经栈桥一带时灯光昏暗，已经看不见往日的人流。大自然太厉害，无需指令，只用一场雪就把人们打回到火炉旁。

你围着严实的花布头巾，只露出两只像两片黑树叶的眼睛，从里到外都散发着淡淡的忧伤。当时，我们都是那么年轻呵！从你身上散发的阳光混杂着花朵的气息，至今都在我鼻间萦绕。

街上的店铺门前，有庆贺圣诞节的布置，点亮的花树闪烁着亮光。你把我带到一家旋转餐厅，一位少年琴师在弹奏钢琴，弹的是舒伯特的《小夜曲》，这支曲子与餐厅外的海浪声相互交织，构成了青春燃烧而又内敛节制的乐章。

我们吃了甜点、炒蛤蜊、葱烧海参、咸鲅鱼和三鲜锅贴。而在去五四广场的路上，我们又买了两串超级大的烤鱿鱼和羊肉串。尽管我们已经吃不下，拿在手里不过是一种热爱生活的证明和"吃货"贪婪的昭示。

如今想想，一切都是多么好笑啊。五四广场上的栏杆做证，我们在月光下说着干净的话，像两张干净的纸。

所谓的根

十年前的一次冲动，我决意定居青岛西海岸，在海边度过下半生。这就好比某种感觉，是一时难以形容的、说不清楚的，相遇，错过，拒绝，接受，再相遇……总有一个念头一闪，自己决定把自己献出去。而让生命徜徉于山水间，并随手捡拾一些思维的果实，是穿越时光隧道的唯一方式。

应该说，这十年来的海边时光是幸福愉快的。在这里，我前所未有地放松，过着比时代慢半拍的生活——别人过阳历，我过农历，不上网，不看电视，不关心分外的事。没有损失，唯有寂静。我静静地注视大海和远山，任由岁月改变大地的色泽，也改变我的灵魂。我每一本书的发轫与诞生，似乎都与大海的某一次涨潮有关，与体内血液的觉醒和加速有关。

我时常想，所谓的根，或许会让人有踏实的归属感，但同时，也有了局限和标签。这是我时常讨厌以地域论人的原因。对漂泊的渴望与寻找，才是我写作最强健的动力源。思想的烛火，永远在远方闪耀。莫如把根寄托给大自然吧，或交给时间。把信赖交给同类，莫管他们在世间的哪一个角落，但可以肯定的是，他们往往不在身边。

我早已强烈地认识到生命的短促，觉得时光弥足珍贵，因此我不屑于和任何人发生任何无谓的摩擦，包括争论，事实证明，这是无比正确的做法。

我知道，几乎每一个中国作家的潜意识中都有一个归隐田园的梦，但他们又舍不得离开文坛名利场。如果再决绝一些，到故乡或偏远的深山老林中方可暂时免受打扰。选择在城市郊区建筑田园梦，破灭注定是一觉醒来的事。

人人都表示厌恶城市，我相信这是由衷的感慨，不是虚伪的矫情。可奇怪的是，为什么人人都选择往城市里跑？为什么不守着乡村终老一生？为什么对乡下的农民抱有歧视而不是羡慕？为什么甘愿过一种蛆虫式的生活，甚至甘愿在坟墓般的城市里死去？谁能把这一现象解释得清楚？

人被时光撵着，感觉不是向前跑，而是朝一个东西莫辨的方向跑。看看周围，人们把身体放置在相似的容器里，被时间驱使得团团转，便觉得生命的意义在丧失，人之存在可有可无。因为真正有效的时间，不属于人本身。

我想让日子慢下来，每天都做一些事或者做完某件事，扎扎实实的，哪怕把一片瓦投到水里，也要溅起一朵水花。

在海边，我不羡慕年轻，因为谁都年轻过；坦然接受衰老，因为这是时间的礼物；不畏惧死亡，因为那一刻你并无意识，当感觉到恐惧时，其实自己已经死了。

花最终都是要败落的，一直停留在种子形态，从未开放过才叫遗憾。也就是说，拥有过，就不再遗憾。

"下一个会是谁？"空中飘来一个声音，令人不寒而栗。

大海啊，人类的命脉，今天蓝得很猖狂。

一个被丢失的词

有时候正走在路上，眼前突然一阵明亮，脑海里浮现出一个词，就像平静的海面突然开出了一朵浪花，一个浪头将我的灵魂打湿。这个词具有极高的辨识度，换句话说，它只属于我一个人，不能与世界上任何人分享和交换。于是，我急忙停下脚步，手哆嗦着，从怀里掏出一张碎纸片将它记下，回到房间反复温习，视若珍宝。

当然，更多的情形是，还不等我将它牢牢捕捉到，只一秒钟至多两秒钟的工夫，它就像一条泥鳅那样从指缝间溜掉。于是，我便永远失去了一个词——或许它是一个伟大的词，可以在人世间流传千古的词。

但它却被粗心的我弄丢了，掉进了比大海的波涛更加汹涌的词海里。啊！这个明亮的词，这个呼啸而过的词，这个神灵恩赐的词，我怀念你。

第五辑　执灯者

词根：希腊的荒野

　　轮船在爱琴海上漂流了整整一夜，于黎明时分登陆圣托里尼岛。办理完手续，入住一家悬崖酒店，用过简单的早餐，我沿着高高的海边悬崖散步。海风轻轻梳理着周围的一切，悬崖下那一汪丝绸样的"蓝墨水"，恍如铺开的梦境。这时，阳光斜斜地照射过来，让我感觉到背部一阵灼热，在转身之间发现了大片荒野。

　　我喜不自胜，双脚涉入荒野，植物的香气刺鼻，细碎的黄色花骨朵上缀满露珠。我采撷了一大束不知名的植物，并捡拾了一块多年前被烧过的火山石，将其随手放入手袋。荒野上的植物很快风干成标本，我把它们置于瓷瓶之中观赏、把玩。后来，这些植物被我当作茶饮，一点点地在一个老铁壶里被消耗掉了。

　　这些采自希腊荒野的"山茶"，草药味道浓郁，每每啜饮一口，便把我带回那片被人类仰望的土地——那里有橄榄树、咖啡豆、茂密的森林、幽静的溪涧；爱琴海托举着一座活火山，像托举着一盏布满包浆的旧灯台，仿佛神灵在空中注视，因为圣托里尼岛上的活火山烟雾缭绕，随时有喷发的危险。

　　按理说，希腊不应该有如此众多的荒野，但实际上荒野几乎是一处连接一处，给我的感觉是荒野之外还有更大的荒野。置身其中，让人不由自主地产生敬畏和开垦的欲望。

接连几日，我每天黄昏都去悬崖边散步，观察荒野的日出与日落与其他地方的有什么不同。当太阳缓缓落下，整个荒野被涂上一种苍凉的色泽，像进入了一幅米勒的油画，空中的云朵做祈祷的姿势，艺术与现实达到完美的契合与共振。

在那一刻，我能听到夕阳落地时发出编钟一样的声响。

弯下腰身，我仔细辨识荒野上的各类植物，不由一阵心惊。这里没有我所熟悉的荆类、蕨类或蓟类植物，面对它们像面对一个个盲盒，以为猜对了，其实另有名称。失落之余，我的感受又加深了一层：原来，识别之外存在另一种识别。

突然有一天，我想明白了：只有这大片的荒野存在，人类的精神才不会在用混凝土与钢筋水泥建造的囚牢中迷失，才会时时触摸到思想的起源，像盲诗人荷马触摸到光明的词根——在希腊的荒野上，我看见悲悯的牧者怀抱羔羊，坐在一块石头上沉思；衣衫褴褛的苏格拉底手持羊皮卷，踩着碎石与荒草缓缓漫步。有那么一个瞬间，我看到苏格拉底化作了云朵，向我招手致意。

我在荒野上仰躺下来，空中所有的星星和云朵都在颔首向我致意。

在旧宫殿想起伊索

风姿绰约的伊斯坦布尔为人类社会留下了两座古老的皇宫，可作为多视角的历史参照系。新皇宫名叫多玛巴切，给我的视觉印象是奢华，超出想象的奢华，它是奥斯曼帝国时期的宫殿，经历风雨战乱仍保存完好。由于其奢靡程度超出了一般认知，我不愿多谈及它。对于这座宫殿，我只记住了一个日期——1938 年 11 月 10 日，土耳其国父凯末尔在新皇宫去世，皇宫内所有的指针，都停留在这一时刻。

老皇宫叫托普卡帕，它比头一天看到的新皇宫奢华程度落后了不少，它像剥落的墙壁一样古老，并且仍在以极快的速度唰唰地剥落。那一个夏日，光线强烈，加之天空的云朵薄如纸片，几乎是毫无遮挡地把阳光倾泻下来，像倒一瓢水那样直接。我从老皇宫里走出来，来到宽阔的庭院里，躲到一株老树下乘凉透气，一只飞累了的野蜜蜂落到我的手背上。我仰起脖子，牛饮似的将一瓶矿泉水灌入口中。

接下来，当我尾随人流，穿越一道长长的走廊，来到园子幽暗的一角，令我震惊的一幕兀然出现：一处惩罚奴隶的断头台遗址上，生锈的铡刀只剩下石柄，石头砌成的凹槽已然剥蚀风化，矗立的绞刑架只剩下大致的轮廓……这是千年前惩罚奴隶的真实现场，一幅令人毛骨悚然的历史画面生动浮现——尽管年代久远，简陋的断头台看上去像一间乡间屠宰作坊。

　　不知怎的，在那一刻，我突然想起在整个欧洲乃至全世界都家喻户晓的人物——伊索，一个相貌丑陋但绝顶聪明的奴隶，一个写出了伟大的古希腊寓言的奴隶。他的日常形象应该是牵着一头驴子，戴着一顶破旧的草帽，在田野里的橡胶树下独自游荡，口渴了取一桶井水。

　　他被卖到一个名叫萨摩斯的海岛上为奴，为主人做各种粗糙的农活。他凭借天才般的智慧，一次次躲过奸人的诬陷、处罚和各种莫须有的罪名，最终获得自由，抵达不朽。多年前，我看过话剧《伊索》，至今记得其中的一句诡辩式台词："去喝掉大海吧！"

　　从君士坦丁堡到伊斯坦布尔，人们忘记了历代奥斯曼帝国君主或苏丹的名字，哪怕这些名字被刻入石碑，被讲解员一遍遍高声讲解，可人们转眼就淡忘了。而能够被人们记牢的名字，仍然是那个拥有奴隶身份的伊索，并以在书柜上摆放他的作品为荣。

　　因为，两千多年前，他讲过许多诸如《狐狸与葡萄》的故事——那些闪着人性哲思的故事至今适用，似乎永远不会过时。

天下没有苏格拉底回答不了的问题

漫步在雅典卫城的古集市上，人群熙熙攘攘，街道上的众多植物垂下油绿的枝叶。在这些茂盛的树木中，有杏树、月桂树、蓝叶金合欢、橄榄树、阿勒颇松、橡树、苦橙树、无花果树、犹大树、地中海柏树、槐树和角豆树等。我知道这是一些幸运的树，因为在两千多年前，它们的先辈曾经倾听过苏格拉底的演讲。

古集市是苏格拉底传播哲学思想的主阵地。苏格拉底身材矮壮，相貌古怪，声音沙哑，却极具号召力，因为他的话句句如电闪雷鸣，击中人心。

他是青年眼中的导师，崇拜者们习惯性地围绕在他身边。一盏燃烧的松油灯泼哧作响，人们像围绕在慈爱的祖父膝下，听他启智布道，反复追问人生的意义；听他讲异乡见闻和各种有趣的故事。越来越多的人在他的身边聚集，常常达到水泄不通的程度。当一节课结束，剩下的时间是互动，人们争相举手，提出各种各样的疑问，有些问题十分刁钻，有故意难为的嫌疑，但天下没有苏格拉底回答不了的问题——他对世间的一切都认真地思考过了，答案明晰，简洁明了，而又不失幽默。当然，他也会反问，但目的并不是要难住对方，而是将泉流引入荒漠，这就是著名的"苏格拉底式"提问。

渐渐地，那些人都成了他的拥趸，其中包括街头玩骰子的小混混、赌场里要钱的纨绔子弟，他们都忍不住要摸一摸这个可爱老头在风中颤抖的胡须。一些外地来雅典做生意的商人见了，感觉十分惊奇，不明白一个衣衫不整、形似乞丐的人何以弟子遍地，他们不懂得人世间除了金钱与商品，还有灵魂。是啊，他就是这么一个有巨大魅力的人：思维放达又逻辑缜密，心怀慈悲却能够适度快乐，精神高标却不失风趣与自嘲。

多年之后，苹果公司创始人乔布斯说："我愿意用我所有的科技去换取和苏格拉底相处的一个下午，因为他把哲学从高高在上变得与人休戚相关。"

在希腊，苏格拉底的雕像随处可见，博物馆和纪念馆自不必说。让我惊奇的是，在紧挨海滨葡萄园的一片墓地里，仍然矗立着他的一尊尊雕像。这些表情凝重的雕像，出现在布满十字架的墓地中间，比早晨的露珠更加醒目，却毫无违和感。给我一种错觉，以为在墓园里躺着的那些逝者生前皆是哲学门徒。

对于苏格拉底，我本人"中毒"颇深，一度达到痴迷的程度。在我膜拜的伟人中他至少排在前五名的位置，除了他"未经省察的人生不值得度过""傲慢是无知的产物"等学说，我很是钦佩其在生活中的隐忍品格，非常人所能做到。众所周知，他娶了一个性格暴烈、堪称悍妇的妻子，经常遭受其无来由的谩骂与霸凌。作为社会名流的苏格拉底，每天忙碌于讲学布道，从早晨忙到天黑，工作那么辛苦，回到家却进不了屋门——门被反锁，或用一根木头顶上了。我们的这位老师只好委屈地蜷缩起身体，蹲在木门旁吸一支烟，静等妻子消火。令人大跌眼镜的是，一盆脏水兜头浇下，让他顿时变成了"落汤鸡"。

这样的事情若是放在今天，任何一个男人都难以承受。但当年的苏格拉底却能够坦然接受，他无奈地咧咧嘴，擦去面部的水珠，然后摊开两手，甚至孩子似的吐吐舌头，做个鬼脸。这一时刻的苏格拉底，与其说是严肃的哲学家，倒更像是一位马戏团里的丑角。

"难道是隐忍成就了伟大的学说？"

行走在希腊城区的街道上，我喃喃自语，一边揣摩这位哲学家的古怪做派和心理趋向。不过，在餐桌上，我无意间听到一位希腊学者说："苏格拉底有两个妻子，当时的雅典法律允许这样。他还有三个儿子。"听了这句话，我略微一愣，然后释怀，心情似乎轻松了许多。这为他在现实层面的妥协与隐忍找到了合理的注解——噢，是的，是的，无论多么杰出的人物，也要服从于彼时尘埃般的生活。

雨：瓦顶上的鸽子

　　外焦里嫩，在一块铁板上滋滋冒油——这是我脑海中浮现的土耳其烤羊肉。话说至此，香气翩然入鼻，头戴白色尖帽的服务生已经把一盘烤肉摆上了餐桌。土耳其的餐桌大多是长条形或方形，少见圆桌，食客随便落座，也没有什么讲究，抬眼一瞅，即见一座烤炉，炉膛中的木炭火在微微燃烧。

　　少顷，又有盐焗烤鸡陆续端上。盐焗烤鸡用盐火烹制，食材被一个椰子似的盐泥团裹得严严实实，火焰把自山洞开采的岩盐烤到一定的火候，然后用一把锤子将厚厚的盐壳一层层敲碎，像敲冰屑，直到露出美食真容——像椰子剥开后的果肉。据说，烤制一只山鸡要耗时三个多小时，这样的做法使山鸡软烂入味，可以连骨吞食。我一边记录整个制作过程，一边觉得人类为了弄那么一点吃的，怪浪费盐巴。不知那一包体量超大的盐巴是否还能回炉再用。

　　除了烤肉，餐桌上还摆满了各种蔬果，樱桃、李子、圣女果、沙拉、杏干、胡萝卜、洋葱，以及粗面包和麦麸烤饼。而我最中意的，却是一种沙煮咖啡，独特的器皿中盛了半盏沙子，浓香的咖啡在沙漏中制作完成，整个制作过程像一门古老的观赏艺术。

　　零星的雨滴落下来，我手持一杯沙煮咖啡，背倚一扇天蓝色的木门，嗅到空气中混合着至少七种以上的气味——除了咖啡，还有红茶、香料、孜然、咖喱和肉桂，以及门廊下的红陶瓦罐和一朵黑蘑菇腐烂的气息。

如果从远处鸟瞰，这会是一幅结构主义艺术画面：雨、门廊、瓦顶上的鸽子。黑色的窗户旁边，有一人独饮，他表情木讷，目光淡然，心若止水，没有感伤，亦无欣喜……像一个游手好闲的"废柴"、大时代的多余人。有句话在朋友圈十分流行：人活着活着，就活成了自己曾经讨厌的样子。我想起土生土长的土耳其作家帕慕克，他在小说《我的名字叫红》的开头这样写道："如今我是一具尸体，一具躺在井底的尸体。"这是一个清醒作家的内心独白与精神写照，之所以如此说，是出于一个作家肩负的深刻使命和对人类灵魂日益沉沦的不甘。

土耳其给我留下的印象，像一张老羊皮，上面绘制着神秘的地图和古怪的字符：岩石垒的房子、被磨亮的街道、弥漫的烟火气、圣索菲亚大教堂、蓝色清真寺、罗马浴室、老电影院、旧货市场、陶瓷小镇、特洛伊古战场、遨游的热气球场、迷宫般的大巴扎……举目四顾，众多的历史遗迹如星星散落在这片古老的土地上——但旅行的终点，都通往一家烤肉店、一杯沙煮咖啡。

此时，我仿佛看到帕慕克如风尘仆仆的旅人穿越沙漠，他在我的身旁寻一把椅子落座，用美食进行短暂的疗愈……

世间最美的落日

　　我想说，世间最美的落日在盛夏时节呈现——在爱琴海，在希腊与土耳其之间，在白色的圣托里尼岛西南端一个貌似不起眼的伊亚小镇，准确点说，在伊亚小镇的一座教堂附近，那座古城堡的一架旋转的旧风车旁边。我甚至看见，风车下的一丛剑麻，上面凝结着闪亮的露珠。

　　世上不乏令人钦佩的好事者，他们把观赏日落的最佳时间点经过演算，精确到傍晚七时三十分！于是乎，这个时间被赋予了神圣的光芒和意义，充满浪漫的诗意和梦幻。一年四季，人们乘船渡海，纷至沓来，奔赴同一个时间段，奔向时针的同一个弧度和指向，然后定格。

　　我赶到伊亚小镇时已近黄昏，整个海滩早已挤满了企鹅般翘首以待的游人，他们种族不同，肤色不同，语言不同，衣着与发式更是不同，但都怀揣同一个目的：为分享上天赐予的同一块蛋糕，摘取同一株橄榄树上的果子，将太阳分泌的精油涂抹到前额——与其说落日缓缓跌入大海，不如说是跌入了每个人的心海，溅起波纹，化作竖琴。

　　而太阳降落的整个过程是奇妙的，它清晰有力，霍霍有声。奇妙的还不仅是落日本身，而是周围突然寂静下来，千万双眼睛同时聚焦，凝视着一张通红的圆形大纸片徐徐降落，最终被无边的大海接纳。

　　然后，热烈的掌声响起，还有小声的啜泣声，有人眼睛里噙满泪花——他们因何而啜泣？是出于感动，他们的心底被自然的奇妙景象震撼，不期然地触及了内心隐秘的情愫。

当夕阳收敛最后的光线，人们长舒了一口气，为目睹到爱琴海落日的盛宴而感到欣慰或满足。然后，人们并没有立即离去，而是走下石阶，找一张白色的方桌坐下，喝一杯咖啡和黑扎啤，望着大海，回味着刚才的一幕。音乐响起，有人弹起了吉他，唱起了赞美歌，两个身着珍珠装的吉普赛女郎扭起了臀舞。

我找到一个空位入座，要了满满一扎冰啤酒，外加一碟薯条、一盘沙拉，还有圣女果和烤牛肉，慢慢品尝。环顾四周，我发现这些观赏落日的人大多是一对对青春勃发的少男少女——正是恋爱好时光！他们赶上了一个资讯发达的时期，便利的交通缩短了彼此的距离。这让我在瞬间有所感悟，想起唐代诗人李商隐那首著名的诗《登乐游原》，不禁哑然失笑。在这里，落日不是衰老的象征或隐喻，不代表颓废与沉沦，甚至不代表惋惜与消逝，它是大自然的一次更新与沐浴——落日沉入大海，就像马车驶入驿站。

石头剧场的惨烈演出

　　希拉波利斯古城的罗马大剧场，是世界上保存最完整的古剧场之一。站在空荡荡的剧场中央跺一下脚，会激起一阵悠远缥缈的回音，仿佛几千年前的幽灵的响应。缓缓登上石阶，迎面扑来的是一种黑基调：蝙蝠、野猫、黑石头，以及一位蒙着黑面纱的土耳其老年妇女——她坐在剧场的一处石洞里，面无表情，鹰钩鼻，目光凌厉，似乎击穿了时间，让人感到一种透骨的寒意。

　　两千多年前，这里是集竞技场与歌舞剧场于一体的大型娱乐场所，可容纳数万名观众，鱼贯而入的是王公贵胄、富豪商贾，以及国王率领的一干宠臣美妾。在剧场最佳观赏位置，是国王与王后的专座，身后是手持刀剑的保镖，在警惕地观察四周，他们身着厚厚的铠甲，抵挡飞来的铁器与冷箭。

　　置身其中，会有穿越到古罗马现场的超体验，返回血气旺盛的古罗马时代——角斗士、马戏团、希腊悲剧、罗马喜剧、意大利歌剧、阿特拉笑剧……可以想象，贵族们结束了一天的忙碌，暂时把世间的烦忧丢到脑后，乘坐四轮马车来到露天剧场，一边品尝葡萄酒，一边欣赏戏剧艺术。

　　令我震惊的是，这里曾经作为一处大角斗场而存在，电影中的一幕幕场景落到真实的发生地，空气中顿时飘来一丝血腥气味儿。那些可怜的角斗士们个个精壮，但都拥有一个奴隶身份。他们被残酷的命运驱赶到血淋淋的角斗场，最后的搏斗表演等于被执行死刑，他们与一个和自己命运相同的对手进行花式竞技：摔跤、拳击或刀剑比拼，可谓招招致命，最终两败俱亡。正所谓"号声一响，死神上场"。而这一切，仅为刺激起观技台上爆发的一阵阵哄笑、掌声与喝彩。为了满足权贵们短暂的消遣与狂欢，经营剧场的老板及其打手使出了浑身解数。在他们眼里，奴隶非人，而是与动物类同，是商品的一种。

到了古罗马后期，野蛮的竞技表演改为人与猛兽的格斗——野牛、狮子、老虎、猎豹、狼犬……打手将它们统统从笼子里放出，让饥饿的野兽出现在角斗士面前。作为与人类极限较量的试验品与牺牲品，其格斗的惨烈程度并不亚于与蒙面人之间展开的较量。多年前，诗人艾青在《古罗马的大斗技场》一诗中写道：

> 从流血的游戏中得到快感
> 从死亡的挣扎中引起笑声，
> 别人越痛苦，他们越高兴；
> （你没有听见那笑声吗？）
> 最可恨的是那些
> 用别人的灾难进行投机
> 从血泊中捞取利润的人，
> 他们的财富和罪恶一同增长

有趣的是，这一处露天古剧场至今还在使用，是闻名全球的网红打卡地。来此演出的，大多是一些流浪艺人、文艺青年等各类团体。演出剧目小型多样，五花八门，诸如摇滚、街舞、霹雳舞、爵士乐、打击乐……他们的表演或自由奔放，或温情脉脉，给这座古剧场赋予了新的内容，套上了一件新的时装——据说，有一个以小众创意著称的行为艺术组合，在此处播放的广告声势浩大，舞台布置高端、大气，整个剧场灯火辉煌；票价不菲，节目单秘而不宣，当日吸引数百观众前来赏剧。但全体演员登台后，仅朗诵了一首美国诗人金斯堡的诗《嚎叫》，然后整个演出就结束了，惹得观众席上发出一阵愤怒与狂笑交织的现实版嚎叫。

乏味时期的悬崖建筑

　　缆车上升的瞬间，头部有一阵微微的晕眩，太阳的光线透过护栏呈碎片状扑到脸上，我要去的地方是一座位于悬崖顶端的修道院。在希腊，这里是号称"天空之城"的迈泰奥拉，它被世人誉为一块与世隔绝的人间净土。群山巍峨，白云悠悠，鼠尾草葱茏，木桶内装满用葡萄酿造的精华。14 世纪，突厥人大肆入侵希腊，虔诚的修士们为了躲避疯狂的追杀，便长途跋涉，行程数月，绕过奥林匹斯山，来到卡兰巴卡山区隐居起来。这里荒无人烟，是野兽和虫豸们欢腾的乐园，修士们甚至见不到一个原住民——几百万年前，这里还是汪洋大海，由于地壳运动和海水的冲击，变成了一片石林，山峰像利剑，孤傲不驯地刺向天空，触摸毒辣的日光。

　　衣衫褴褛的修士们，最初完全靠吃野果、喝山泉水为生，每天一边祈祷、赞颂和忏悔，一边在坚硬的石头地上开荒种植、养殖蜜蜂，每行一步，都是负重前行。形同一只只蜷缩土穴中的小鼹鼠，他们寄居在峭壁岩洞里，一住便是百年。这里没有娱乐设施，没有社会身份认定，严格奉行苦行与禁欲——除了木炭燃烧的微火，甚至没有一盏明亮的马灯，这对于当今依赖网络的现代人来说，其生活乏味程度不可想象。

　　在漫长的逃亡生涯中，修士们除了躲避残酷的杀戮，还要与瘟疫作战，与天灾和疾病周旋。然而，令人无比震惊的是，在如此艰难严酷的生存条件下，他们没有自甘堕落，将自己变成一群没有灵魂的行尸走肉、一群披头散发的野人或乌合之众，更没有把不公的命运和苦难归结于客观现实，而是一点点积攒体力与智慧，修葺完整的内心秩序，凭借简陋的木梯和绳索，蚂蚁搬家式的劳作，燕子衔泥般的耐力，一砖一石地设计、筑砌，在奇险的悬崖上建造了二十多座美丽的修道院，座座气势恢宏，纹理精致，审美达标，堪称世界建筑史上的奇迹。置身其中，我知道修道院与教堂是有区别的，较之大众化受众的教堂，寂静的修道院更适合历史人文学者们进行深度探究与考察。而作为一个拥有强烈生命意识的写作者，我除了献上足够的敬意，剩下的是竭尽身体的每一个细胞，记住悬崖修道院的每一处回廊、门洞、壁画、烛台、烟囱、声音、光线、花圃和叶子。

在我眼里，这一座座精美的悬崖建筑是一部部人类追求信仰的血泪史志，也是人类向文明匍匐爬行时书写的赞美诗，它们自每一块砖瓦的缝隙，向外渗漏古老的悲剧般的审视力量。

从修道院出来，旁边是一株高大的橡树，散发着一股果香的味道。时近黄昏，微风拂面，天似穹庐，抬眼是逶迤众山。站在悬崖顶上，从任何一个角度，都可以鸟瞰山脚下的人间烟火、茂密的橄榄丛林，一条河流像一行亮丽的泪水，以高科技加速度奔波劳碌于 21 世纪的现代人，正乘坐甲壳虫式的车辆疾驰在创造神庙、圣殿和荷马史诗的大地上。

我仰起头来，选择仰望星空。

接连几天，从雅典卫城出发，我在这片长满了棕榈科植物的土地上寻找先贤的足迹：泰勒斯、苏格拉底、柏拉图、亚里士多德、毕达哥拉斯、伊壁鸠鲁……群星璀璨，天地为之战栗和旋转——银河荡漾，闪烁着思想的锋刃、无私的哲学气度、渊博浩瀚的学识海洋，以及爱琴海般的高贵奉献、地中海式的开阔襟怀……顶级的虔诚与超脱，令浮躁的今人踮起足尖，体验遥不可及的落差与绝望。

然而最终，先哲们毕生追寻宇宙真理的古老夙愿，汇聚成一道拷问的光芒，指向人类灵魂的终极命门：

"我是谁？我从哪里来？要到哪里去？"

对于每一个活着的人而言，无论寿命长短，生命只有一次。而这样的痛苦拷问一旦变成语言，大脑左右半球的悖论指数会急急上涨，濡湿眼角——啊，又一次泪目，是情绪悲喜交集的蜂拥。

雅典的三种光线

一

希腊诗人埃里蒂斯出生在克里特岛上，但他早早地随父母迁居到雅典，终生沐浴在地中海与爱琴海的晚风中，是希腊精神幸福的继承者。在雅典的街道上，一股奇怪的气味始终萦绕在我的鼻孔中，似乎与诗人埃里蒂斯有关。我有一个奇怪的念头，认为那气味是从埃里蒂斯的诗作中飘出来的，夹杂着土地和雨水发酵的气息。

"第一滴雨淹死了夏季，那些诞生过星光的言语全被淋湿。"

这是典型的埃氏语言，用词老辣，直击事物的要害。而我最喜欢的，还是那首由李野光先生翻译的《疯狂的石榴树》，希腊秋天的石榴树，被风吹响金色的叶片与开裂的果实。2009 年 7 月，鲁院高研班结业。在北京十里堡某酒店，一场同学告别晚宴正在举行，我上台朗诵全诗，台下响起一片抽泣声，后来，大家干脆抱头痛哭，哭成一团。这是诗歌的魅力——准确点说，是诗人埃里蒂斯让我们在那一刻点燃了人生惜别的炸药。这从侧面验证了一个结论：优秀诗作的能量是超时空的，"地震"过后，"余震"可以波及下一个世纪，一直抵达人类的末日。哦，伟大的埃里蒂斯让我的脑海漂浮起三个词语：美好制造者、幻觉制造者和麻烦制造者。

二

亚里士多德出生在希腊殖民地色雷斯的斯塔吉拉城，他的父亲是马其顿国王的御医，这让他自幼呼吸着宫廷内木瓜树的香气长大。他头戴少爷帽，穿着白色的丝绸衣袍，出门乘坐四轮马车，过着优渥的生活，家中有土地、庄园、果园和湖泊。十八岁时，他来到雅典学院读书，师从哲学家柏拉图，这让他的灵魂世界得以改变。他开始仰望星空，质问宇宙的起源，为创立自己的学说做铺垫。在雅典，他完成了一个由公子哥到贵族知识分子的身份转变。他用超越世俗的眼光看待周围的事物，他同情弱者，悲悯万物，拥有的前瞻性和预见性的眼光让他站在一个常人看不见的高度。他创办学校，收纳穷人的孩子入学，以此改变他们的精神基因和人生命运。随着他的名气渐大，马其顿国王便召其回宫做了帝师，成为未来的国王亚历山大大帝的老师。晚年，亚里士多德重返雅典，把思想记录在莎草纸或羊皮卷上，在此完成了《范畴篇》《形而上学》《政治学》《物理学》《气象学》《诗学》等涉猎广泛的学术著作，标志着他成为史上罕见的百科全书式的哲学家与思想家。在炎热的夏日午后，我离开雅典卫城，乘坐一列火车前往斯塔吉拉，在一处古老的穹形拱顶建筑前脱帽凭吊——一代先哲亚里士多德，在此长眠已达2300余年。

三

雅典，流浪猫的乐园，它们品种不一，大多为黑色猫和纯白色猫。它们在石板旧椅旁边出现，在游人的餐桌前出现，像懒洋洋的贵妇。它们知道自己的生存环境是安全的，没有人去伤害这些可爱的生灵，它们只需躲开呼啸的火车、尖叫的警车和救护车就足够了。

它们酷爱荒野的包容与开阔，用冷冷的目光拒绝好心人的收养，身边永远堆满了丰盛的食物：火腿肠、午餐肉、鱼肉干、三文鱼、矿泉水……那些从世界各地赶来的游客们，什么品行的人都有，其中不乏洁癖者、自恋者、晕船者、固执己见者与自暴自弃者，但却没有任何一个人去干涉或惊扰在树丛中安家的流浪猫们的生活——它们在雅典自由自在地寻欢作乐，繁殖后代，它们学会了唱歌跳舞、吟诗作画，学会了饮酒、耍酒疯、发脾气、打架斗殴，它们甚至学会了像哲学家叼着一根烟卷儿作沉思状。

我想，除了不会说话，它们大概什么都懂得吧。这样的场景构成了雅典的三种光线——爱、思想与生命追求的卓越。